U0722010

老家南陽镇

马加强 著

上海文艺出版社
Shanghai Literature & Art Publishing House

图书在版编目（CIP）数据

老家南阳镇 / 马加强著 . -- 上海 : 上海文艺出版社 , 2024. -- (忻州书香 / 梁生智主编). -- ISBN 978-7-5321-9112-3

Ⅰ . I267

中国国家版本馆 CIP 数据核字第 2024FN6424 号

发 行 人：毕　胜
策 划 人：杨　婷
责任编辑：李　平　韩静雯
封面设计：悟阅文化
图文制作：悟阅文化
封面题字：马汉国

书　　名：老家南阳镇
作　　者：马加强
出　　版：上海世纪出版集团　上海文艺出版社
地　　址：上海市闵行区号景路 159 弄 A 座 2 楼
发　　行：上海文艺出版社发行中心发行
上海市闵行区号景路 159 弄 A 座 2 楼 206 室　201101　www.ewen.co
印　　刷：成都市兴雅致印务有限责任公司
开　　本：880 × 1230　1/32
印　　张：95
字　　数：2280 千
印　　次：2025 年 7 月第 1 版　2025 年 7 月第 1 次印刷
I S B N：978-7-5321-9112-3/I.7164
定　　价：398.00 元（全 10 册）

告读者：如发现本书有质量问题请与印刷厂质量科联系　T：028-83181689

序

马加强写了一本题为《老家南阳镇》的散文集，让我为其作序，老实说我还没有给谁写过序，但对于马加强的邀请我却没有推拒的理由：一是我和加强的相识还有着特殊的机缘。十多年前我在县残联理事长的位子上，当时招聘一批乡镇残疾人专职干事。加强报考的是南阳镇残联，由于各种状况，南阳没招成。加强的亲人找到残联，我才得知加强家庭很不幸。我便安排加强到残联托养中心工作，从此，和加强便有了联系。二是一次偶然的机会我在《今日微山》报上见到加强的文章，从此便更加关注加强创作方面的情况。近几年，加强进步很快，一方面写得快，隔三岔五就能在马晓旋的《微山湖》文学微刊平台上发表作品；另一方面，他最初写诗歌散文，最近开始操刀小说了。

在荷花飘香的盛夏，我捧读加强一篇篇满纸墨香的精美散文。卒读之后，我感觉到加强对家乡一草一木、一石一水无不充满浓浓的爱意。他笔下的运河、码头、小船、小桥流水人家、风云雨雪、石板路上的街市、戏台子，一幅幅风俗画，浓妆淡抹总相宜。欸乃声中的摇桨人、指挥若定的放鹰人、心灵手巧的叔父、了不起的婶子，个个无不是勤劳善良正直的微山湖人。辛劳的祖父、慈祥的祖母、可爱的小妹、调皮的小弟，在老屋中、在佳节里用日月编织或演绎着故事与亲情。

命运对加强来说并不公平，可以想象年仅几岁且身有残疾的加强与年事已高又拖着病体的祖父母相依为命，其生活会是怎样一种窘况……但加强的文中丝毫没有哀怨的成分，这一点难能可贵。

我作为一名老文学爱好者，期望文学之神能够眷顾加强，祝愿加强的文学之树常青！

秦　臻

癸卯年六月初八

（秦臻，山东省作家协会会员、济宁市作家协会副主席。）

目　录

CONTENTS

《镇上观景》

老家南阳镇 …… 002
遇见古镇 …… 004
运河水 …… 006
乡　船 …… 009
连家船 …… 011
小　桥 …… 013
桥边姑娘 …… 015
捕鱼生活 …… 017
鱼　鹰 …… 019
一张网 …… 021
码　头 …… 023
红色码头 …… 025
荷 …… 027
风 …… 029
云 …… 031
月 …… 033
雪 …… 035
一束阳光 …… 037
麦　浪 …… 039

早　市 ………………………………………………… 041
夜　市 ………………………………………………… 044
夜　色 ………………………………………………… 048
夜　钓 ………………………………………………… 050
石板路 ………………………………………………… 052
牌坊街 ………………………………………………… 054
小地方 ………………………………………………… 057
过了土坡是“北堤” ………………………………… 060
戏台子 ………………………………………………… 063
向日葵 ………………………………………………… 065
夏　天 ………………………………………………… 067
冬　天 ………………………………………………… 069
老家大院 ……………………………………………… 071
院中“花山” ………………………………………… 073
永和商店 ……………………………………………… 076
暑假工 ………………………………………………… 079

《湖区品味》

故乡的味道 …………………………………………… 082
买不到的味道 ………………………………………… 084
古镇特色 ……………………………………………… 086
乾隆御饼 ……………………………………………… 088

花生米 …… 090
煎　包 …… 092
杂草丸子 …… 095
大席菜 …… 097
桃　酥 …… 099
老家葡萄 …… 102
老家锅饼 …… 105
老家鱼卤鸡蛋饼 …… 108
老家田螺 …… 110
老家槐花羹 …… 112
老家玫瑰酱 …… 114

《 家中抒情 》

祖父的生意人生 …… 118
祖父手头的香烟 …… 121
祖父的年关 …… 124
祖父做的牛皮纸书皮 …… 126
祖父的花儿又要开了 …… 128
说附院，忆祖父 …… 130
祖母的信仰 …… 132
一针一线的爱 …… 134
饺子情缘 …… 136

我找父亲谈心 …… 138
再念我的父亲 …… 140
我叔是个手艺人 …… 142
了不起的婶子 …… 145
漂亮的古镇女孩 …… 148
小弟带我游故乡 …… 151
那一回头，那一挥手 …… 153
我们哥俩 …… 155

《岸头记事》

乡　土 …… 158
乡　音 …… 160
老手艺 …… 162
熬“汤料”，变“松花” …… 164
千眼菩提 …… 167
“留守”与“空巢” …… 169
红火日子 …… 172
忆，在房中 …… 174
忆，在“雨巷” …… 176
忆，在冬天 …… 178
书院路上的那些事 …… 180
喝茶的那些事 …… 183

剃头的那些事 …… 185
老故事 …… 188
荷　事 …… 191
歌　声 …… 193
眸　子 …… 196
船上澡堂 …… 198
我的母校 …… 201
泥瓦匠 …… 205
船　夫 …… 207
鸭　帮 …… 210
十五的灯火在乡河上闪烁 …… 212
元宵节里挑灯笼 …… 214
中秋节 …… 216
过油迎新春 …… 218
鞭炮声声过大年 …… 221
我家的除夕 …… 224
拜　年 …… 227
湖里的孩子 …… 229
湖里的童年 …… 231
我与湖人 …… 236
日落归故乡 …… 238

后　记 …… 240

镇上观景

老家南阳镇

走出了老家便成了游子，好在始终都离乡不远，也始终都在兜里随身携带着老家的记忆。无论何时何地，但凡有人问“家是哪的”，我总会自豪地先说上一句“老家南阳镇！”。

我出生在济宁市微山县南阳镇，在水乡的哺育下长大。我自幼丧父，从小就跟着祖父母生活，在与他们相依为命的十八年里，我听了太多太多古往今来的故事，这些故事始终陪伴着我成长，也逐渐让我明确了人生的航向。

二十世纪八十年代的水乡南阳还是鲜为人知的“世外桃源”。水乡四面环水，与外界不通旱路，平日里以船代步。那时候天蓝水清，我听老人们讲，过去还没有自来水，条件好些的家庭自己打机井取水，大多数人家都是从大运河、南阳湖里直接打水吃，个别人家还会往打来的河水、湖水中加些明矾澄清。二十世纪八十年代的南阳人主要以下湖打鱼为生，我们那里叫作“混湖”。当时镇子上做生意的人还寥寥无几，上了年纪的老人常说，“过去的男人捞鱼摸虾，女人在家带娃编席。”当时的生活的确很简单，但不可否认其中也有淳朴的幸福。

到了二十世纪九十年代，水乡与外界的沟通交流开始密集起来，大量的消息顺着滚滚波涛进入古镇，这时的我已经上小学了。如果要拿一个最热的话题来回味南阳的二十世纪九十年代，那便是南阳人外出卖早点的浪潮。那时的水乡走出了一批又一批的打工人，他们去得最多的地方就是济南和济宁，令人佩服与欣慰的是他们的确抓住了机遇，一个个都在外面站稳了脚跟。淘金成功的南阳人又都在家乡盖起了小洋楼，楼房依次拔地而起的现实成全了南阳人的梦想。二十世纪九十年代的南阳人用上了自来水，看上了闭路电视，生活逐渐丰富了起来。

进入了新时代，水乡一个大跨步也跟上了发展节奏，一路劈波斩浪，一路直挂云帆。在信息时代的快车道上，南阳悠久的历史顺势沿着条条大路走近了国人、走向了世界，那独特的旅游资源得到了进一步的开发利用，而我们南阳自己的品牌也在不断地被认可、被好评。当京杭大运河申遗成功的消息传来时，南阳人更加坚定了自己的信仰与文化；当一波接一波的游客争先恐后地涌入古镇时，南阳人也深刻认识到了绿水青山就是金山银山的道理；当南阳鸭蛋、南阳烧饼、南阳麻板、南阳荷叶茶走向五湖四海时，南阳人便一点点地品尝到了小康生活的甜蜜！曾经的小木船变成了今天的大游轮，昔日的灯塔变成了当下的坐标，过去淳朴的笑变成了如今绽放的美……

蓦然回首，老家的故事有多少是我听来的，又有多少是我亲眼看到的。不管怎样，这故事揣进怀里都是热乎乎的，是紧贴心扉的。时代是社会发展的桥梁，也是珍藏记忆的相册，蓦然回首，“老家南阳镇”串联起的是一帧帧唯美的画面，是一段段未了的情缘……

走出老家的人都习惯地将心留下，我也一样。留下一颗纯真的心在老家，任它整日依偎在运河的岸边，由它在波涛汹涌的大湖里自由翻转，也随它在花好月圆的日子里放声歌唱。

遇见古镇

我生在古镇、长在古镇，与古镇朝夕相伴了十八年，直到参加工作才算真正意义上离开。而今，我以一个游子的身份在最熟悉的路上重新遇见古镇，遇见一个看似熟悉却又陌生的古镇。

都说离家的孩子才知道家的好，这一点我也深有体会，而故乡则是游子们共同的家。在古镇成长生活的日子里，我真的没有觉得古镇有什么特别之处，就像那些年习惯了祖父母的慈爱一样，现在想想，当时还真的是身在福中不知福啊！

进入了二十一世纪，南阳古镇搭上了旅游大开发的轮渡，一条纵贯南北的京杭运河疏通了古镇旅游的血脉，一片烟波浩渺的南阳湖打开了南阳人生活的新篇章。而今，南阳古镇的美名传到了五湖四海，慕名前来的游客常常蜂拥而至，跟随游客的脚步遇见古镇，那自然是另一番感受了……

遇见古镇，首先要了解古镇悠久的历史。早在战国时期，齐国的地图上便标绘着古镇，当时兖州到湖陵沛北之泗水流域就有南阳。要知道，历史是会飘香的，两千多年的古镇古香大老远地就会扑鼻而来，为人们展开那色彩斑斓的历史长卷。

漫步古镇的河岸，举头晴空万里，俯首碧波荡漾，多少记忆仍在碧波里荡来荡去，多少童年仍追着浪花朵朵。驻足沉思，“白菜、花菜、卷心菜，鸡腿、鸭腿、琵琶腿，西瓜、甜瓜、哈密瓜……”，一连串熟悉的吆喝声闯入沉思，一叶木舟打着轻快的节奏划来，那清凉的河水瞬间打湿了我的记忆。划着一艘被我们称为“划子”的小木舟，载满种类丰富的日常食材，带着渔家方言的吆喝，这就是在水上走街串巷的卖货郎。那一声吆喝不仅仅唤醒了儿时的记忆，还带来一种久违的亲切感，那亲切感带着河水的湿润和清爽，瞬时令人陶醉其中……遇见古镇，遇见那靠上心畔的渔家生活！

沿着古镇的青石板路，到访一处处历久弥坚的古建筑，寻觅那一段段为人称道的佳话，一砖一瓦凝聚着前人的智慧，一草一木凸显着时代的变迁。尽管有些古建是经修复或按原貌重建的，但那独具匠心的地方依旧淋漓尽致地展现着当年的风采。沿着康熙大帝当年来南阳微服私访的路径，一一去到他当年下榻的地方，你会遇见清朝盛世时的南阳古镇；在气势恢宏的魁星楼下虔诚地拜上一拜，默念心中的渴望和祝福，你会遇见南阳人从古至今所信仰的图腾。一处古建便是一个指南，指引我们去遇见，遇见那曾经错过的画面，也遇见那还未来得及想象的瞬间……

顺着遇见古镇的路往家走，家就在那古香萦绕的地方，就在那波光闪闪的地方，就在那佳话传出的地方，踏着游客的路遇见古镇，终于遇见游子的另一半故乡！

遇见古镇，遇见一种久违的自豪感，这感觉与人相随相伴；遇见古镇，遇见一份心灵所需的温暖，这温度叫人百般依恋！

运河水

故乡南阳镇因水而生，与水相伴，水赋予故乡独一无二的灵性，也始终守护着故乡的和谐与安康。

我出生在水乡，又在水乡长大，从小就逐水嬉戏，家后面就是举世闻名的京杭大运河。说到运河，自然会想起那些与运河相关的事儿。小时候，我并不觉得运河有什么了不起的，认为它就是一条再普通不过的河。

由于我自幼手脚不甚灵便，祖父母通常不让我到运河边玩，即便运河就近在咫尺，即便小伙伴都在河边玩得不亦乐乎。后来，随着我的身体渐渐强壮，祖父母也慢慢地将我“散养”起来。二十世纪九十年代末，运河岸还未修整，石头与泥土混搭，蜿蜒曲折参差不齐。我记事时，河水就已经被污染了，那臭名昭著的“纸浆水”早就让我知道了它的厉害，真可谓又脏又臭。起初还好，河水还能看到原来的颜色，气味也不那么难闻。仔细想想，那时的运河也有不少看点。

那时运河上最常见的便是船来船往，大船小船、木船铁船，在运河上比比皆是；那时的运河还是故乡的交通要道，是客运和货运的“主动脉”，是百舸争流的聚集地；那时运河上还有撒网放鹰的，这可是我和小伙伴最爱看的。一艘小木船在河上晃晃悠悠，渔夫在船头上大显身手，我们一见到鱼鹰扎猛就有种想下河游泳的冲动，别提有多过瘾了；那时运河边时常有洗衣服的大妈，她们往往拿着一根棒槌在岸沿儿上敲打衣服，那声音“叮叮当当”，时而平和舒缓，时而高亢急促，说不上好听，但也挺和谐……没过几年，河水彻底面目全非了，变得叫人不敢靠近，也不想靠近。

进入二十一世纪，南阳镇有幸搭上了旅游大开发的快车，大运河也焕然一新。我记得很清楚，那时我正在读初中，运河开始了修整。河岸采取分段施工的办法，首先在河道上打上几个坝子，用于封堵河水，然后将一段河道抽干清淤，随即开始修复河岸。修复河岸相对来说是个大工程，其间需要大量的人力和物力。当时，一块块大石头用大船从外面运到故乡，再由小型四轮车转运到施工的岸边，后经工人师傅用脊背背至指定位置，砌好，这着实要靠功夫，要有耐性。修整故乡的那一段运河前后用了一年多的时间，我高考那年运河的修整工作才算告一段落。

修整后的运河蔚为壮观，河道凹凸有致连绵不断，小桥精神抖擞遥相呼应，岸柳迎风招展落落大方，关键是运河的水变清了，河水味儿也回归了自然。为了进一步保护好故乡唯一的“世界文化遗产”，这时的运河已不再是主要的交通航道，运河上的船只明显少了又少，几乎见不到大船了。修整后的运河更美了，焕发出一种崭新而独特的魅力，那时我的祖父午后喜欢到运河岸边坐坐，搬一马扎，抽上两支香烟，与河上过往的船儿会面，与岸头漫步的人聊天。我时常跟在他老人家的身边，我喜欢瞅一瞅河里的鱼，寻一寻捕鱼的鹰，清澈的河水在夕阳下更加的明丽宜人。

后来，我到鲁桥镇读高中，便与运河的水聚少离多，只有在每月大休时才能回故乡一趟，才能有机会跑到自家屋后看一看运河，也看一看运河里的人影，看一看自己渐渐褪去的青涩的模样……夏时看运河的波涛汹涌，冬日看河面的十里冰封，看着自己渐行渐远的童年在运河水里荡漾，看着自己悄然而至的成年在波涛里翻滚，就这样，运河的水看着我长大……

现如今，我已步入而立之年，在外打拼的我每隔数月才能回乡探望一番，每每都要在运河岸边伫立许久。我习惯了随那拍岸的浪涛一遍又一遍地回味，回味家的幸福，回味亲人的疼爱，回味故乡最纯最真的情……

“仍怜故乡水，万里送行舟”，而今的我才真正咂摸出这两句诗的味道，运河的水、故乡的水、情感的水，时时萦绕身旁，常常溢满心房！

乡 船

南阳古镇是京杭大运河串起的四大名镇之一，也是名副其实的水乡，是水托起了它明珠一般的璀璨，是船连通了它童话一般的世界。是的，我们的南阳类似于宝岛台湾，四面环水，船是最常用也是最普遍的交通工具，走亲访友划木船，离家外出坐客船，拉货营生靠货船，船是水乡的代名词，也是水乡儿女的坐标点。

在古镇，用船的人一般都说“使唤船”或是“跑船”，船被古镇赋予了灵性，成了我们大家庭中的一份子。在我儿时，常听街坊邻居讲镇上人跑船拉货的故事，他们管常年跑船的村民叫“渔猫子”。他们说“渔猫子”特别有本事，单说他们使唤船的本领，那绝对称得上炉火纯青，再加上他们驾驶着大船走南闯北，就更显得神通广大了。后来知道，街坊邻居口中的“渔猫子”以运输货物为生，运沙运煤的居多。穿梭于神州大地的江河湖泊，往返于祖国的南北之间，渔猫子们靠跑船发了家、致了富，从最初使唤的水泥船变成后来的铁壳船，个个都在家里盖起了小洋楼，怪不得街坊邻居都说“渔猫子”最有钱呢！

我的老家依河而居，背靠古运河，坐在屋子里就能听到波浪的拍岸声，也能听到船儿的摇桨声。后来政府出于对古运河的保护，规定使用挂桨机的船只不再走运河河道，而木船依旧自由自在地荡漾其中。我喜欢站在桥头看运河上的乡船，看它们惬意地停泊在岸旁，偶尔还激荡出一些浪花，像个调皮的孩子一样；也喜欢看它们载着鱼鹰而归，顺便听一听渔夫那原汁原味的号子，追一追木桨划出的欢快节奏……岸上的人都喜欢与划船经过的邻里乡亲拉上几句家常；也喜欢盯着船头撒网的老者学点儿门道。碧波拂柳，小船悠悠，放出眼眸，乐上心头！

我从小就跟着祖父坐船到外地进货，那时候一听说坐船出门便高兴得不得了，因为可以去看外面的五彩世界。我相当佩服使唤船的船夫，他们真的是眼观六路耳听八方，身手敏捷技艺高超，对情况都了如指掌，在河道上乘风破浪游刃有余，着实了不起！而今，我成了故乡的游子，每每踏上离乡的客船内心都有太多的不舍与留恋，不得不说，如今的客船穿行在我的记忆与乡愁之间。

再走上离故乡最近的客运码头，熟悉的船夫会老远地朝我招手，他们最质朴的笑容就是故乡的一种问候。他们会意味深长地对我说一句“回家啊”，我也会亲切地回一句“嗯，回家”，于是便迫不及待地登上乡船，激动万分地等盼着我这个坐标点不断地靠近故乡的轴……

乡船驶过的地方总会留下一些波澜，在眼前，也在心间！

连家船

南阳古镇是微山湖中的一颗璀璨明珠，镇上的人家要么傍河而住，要么逐水而居。说到了逐水而居，我立马想起了我们南阳湖里的连家船，那也是一道魅力十足的古镇风景线。

二十世纪八九十年代，南阳还是一个鲜为人知的小镇，镇上的常住人口不多，大多的青壮年都常年在外，有不少人就从事着船运的工作，俗称“跑船”。

跑船可不是一件容易事，通常都要南来北往乘风破浪，那些年的跑船人着实吃了不少苦。跑船人嘴边常说的一个词就是“下南”，意思就是到南方装货，然后再运到北方来销售，货物多为煤炭砂石或建筑钢材，他们南到广东沿海一带，北到东北三省。跑船人一般都有固定的货主和买方，在买与卖之间挣取运费。跑船人南来北往一趟少则数十天，长则两三个月，这期间他们都要生活在水上，为了能在一路上有个照应，跑船人便相互结了“盟”，组成了船头连船尾、船尾接船头的“连家船”。

在我小时候，跑船人使唤的都是大型水泥船，吨位多在几百到上千之间，这些船可谓是当时水面上的庞然大物。那时客运的水泥船靠一个挂桨机便能驰骋水面，而货运的大型水泥船则要装三四个挂桨机，马达发动起来的声响震耳欲聋，但行在水中还是显得慢慢悠悠。

连家船的造型都大同小异，最显眼的当然是偌大的货仓，站在船上看那空空如也的货仓，着实有种深不可测的眩晕感。除此之外，船上最吸引人的就是供人居住生活的船舱，南阳人习惯称之为“楼子”。楼子像是一个简单的房子，里面有床有桌，角落里存放着生活必需品。当时有条件的楼子里还有电视机，天线竖到舱外，船上有小型供电装置。连家船的队伍一般很庞大，少说也要连接十来条船，我们都管它们叫作“拖队”。小时候，我与小伙伴们经常跑到南阳湖边看拖队，听拖头（首船）的鸣笛，那真叫一个气派，简直就是水上火车。

上了初中后，跑船人的船几乎都完成了升级改造，由水泥船换成了铁壳船，吨位进一步提升，动力得到了加强，船上生活也有了显著改善，空调、洗衣机逐步被搬上了船。铁壳船在烟波浩渺的南阳湖里显得无比高大，是南阳人生活蒸蒸日上的醒目标志。那几年的暑假，我常听有同学到船上体验生活，上船一个多月的同学回来后着实变了模样，他们体验到跑船的艰辛，也体会到父母的不易，而有些感悟确实是在跑船途中憋出来的。

多年来，跑船也磨炼出南阳人不急不躁、勇往直前的品性，以至于让他们看惯了大风大浪，经得住大起大落。时光荏苒，沧海桑田，连家船上的人始终坚守着自己的信仰，心往一处想，劲往一处使，逐步打造出属于他们的“利益共同体”和“命运共同体”。不得不说，连家船连起了一代代南阳人的美好生活，不少的跑船人都在南阳镇上盖起了楼房，让一家老小过上了高品质的小康生活，同时为古镇的振兴注入了澎湃动力。

而今，站在南阳湖畔偶尔还能看到成群结队的连家船，与其说那是一道不可多得的风景，倒不如说是南阳人实实在在的水上情！

小 桥

“遥远的夜空，有一个弯弯的月亮，弯弯的月亮下面，是那弯弯的小桥……”每每听到刘欢老师的这首《弯弯的月亮》，就会禁不住想起故乡的小桥，也会念起那心头似有似无的阿娇。

故乡的桥并不算多，在我最初的记忆里，故乡的桥只有一个，现在看来应该是最熟悉最亲切的那一个。

那座桥离我家的老屋很近，应是运河上的近邻，它是一座石拱桥，像是一道被上苍点化而成的彩虹。我清楚地记得，当时石拱桥的桥身已经出现了破损，仔细一看便能发现桥身的坑坑洼洼，随处都有历史的痕迹。我曾听老人们讲，石拱桥至少有两百岁了，可谓是一位老当益壮、历久弥坚的老者。

可别小看了那座石拱桥，它可是故乡当时的地标性建筑哩！我们当地人都习惯把石拱桥所在的地方叫作“桥头”。这桥头曾是故乡最繁华最热闹的地方，这里不仅是南来北往的客运码头，而且也是菜商鱼贩的聚集地，除此之外，这里还是卖吃的、喝的最多最好的地方。那时的南阳人有谁不知道桥头呢？

记得我第一次跟祖父去鱼台县城进货，就是在桥头坐船，当时还在桥头吃的煎包喝的粥。为啥能记得这么清楚，因为那是我第一次走出故乡，也是第一次将桥头当作故乡的象征。既然说到桥头的吃，就不得不说那家“石家羊汤”，它可绝对能称得上桥头的一个招牌，谁若是在坐船时一抹嘴顺便说上一句“喝的石家羊汤”，那绝对是一件特别有面子的事情。

其实，我在小学四五年级的时候，就认识了故乡的第二座桥，我们当地人都称之为“闸背桥”，它离我们的“南阳镇中心小学”只有几步的距离。闸背桥是一座铁桥，像一个平整且坚实的脊背一样，横跨运河两岸。我记得，那桥身呈古铜色，着实是锈迹斑斑。有趣的是，但凡走过铁桥，便会听到“咣咣咣”的回响。那铁桥的桥身较矮，有时站在船上的人都要低下头才能过桥，可谓是“人在桥身下不得不低头啊！”。

时光荏苒，时过境迁，曾经的石拱桥和铁桥现在都已经光荣退休了，接替他们工作的是“延德桥”与“状元桥”。新桥带领南阳人迈入了新时代，迈入了旅游大开发的好日子……然而，作为故乡的游子还是会时不时惦念故乡的老桥，他们不仅承载着一代代人的脚步，而且还收录了那么多难舍难忘的记忆，当然还有那一颗颗印在他们身上的恋家之心。

桥边姑娘

南阳古镇身处湖区，穿镇而过的古运河上有几座桥，我家附近就有两座。在桥边生活了那么多年，桥边的风光无限，佳话连连，在此不禁要说一说我们的桥边姑娘。

听上了年纪的人讲，改革开放初期的南阳镇生活水平还很滞后，谋生条件相当有限，运河两岸的人家都过着“靠水吃水”的生活，那时的男人个个是打鱼跑船的能手，而为了贴补家用，渔家姑娘们也学会了搓绳打包的本事。赶上晴好的天气，姑娘们就会把家伙什儿搬到运河边，迎着河风，哼着小调，兴致勃勃地做着手中的活儿。每每夕阳西下，做活的姑娘常常会跑到桥上四处张望，望那还未归来的夫君，望那心上的情郎，望那最简单最淳朴的爱情。

我刚上小学时，南阳镇曾兴起了一段“编虾笼子”的热潮，南阳人称之为“编虾榷”。不得不说，那几年在南方水库逮虾的渔民都发了财，虾笼子也因此特别畅销，不少外地人都慕名前来购买。编虾笼子的材料是竹篙，从粗细不一的竹筒到大小均匀的虾笼子可不是一件简单事情，虽说不是什么力气活，但也不易干，稍有不慎便会戳破刺伤肌肤。编虾笼子的人手指上都常年缠着胶带，起初都是中老年人在做，不久后美丽的姑娘也加入其中。那几年，我们时常能在桥边看见美丽的姑娘，她们把劈成瓣的竹篙抱到运河边，而后泡进水中，再做上自家的记号并固定在桥身的某个位置。春夏时节，在桥边泡竹片的姑娘会顺势用清凉的河水洗洗手脚，颤动的河面也会趁机定格她们的倩影，而且还会倒映出那倩影边缘的勤劳与质朴。

在古镇旅游业兴起之前，迫于生计的南阳人选择外出打工，家中只有上了年纪的老人和正在求学的孩子。曾有三四年，桥边姑娘都是那些稚气未脱的初中生。镇上的中学在桥的这一岸，对面的同学上学放学都要过桥，当时不少女生每每走到桥边都会放慢脚步，朝着敛声屏气的河面瞅一瞅自己的装束，偶尔还会对着那如花似玉的年纪静静发呆……就这样，那一群可爱的桥边姑娘也都长大了。

而今，古镇的桥边姑娘又多了许多新面孔，旅游季节，不少外地的姑娘也喜欢到南阳的桥边走一走，体验一番江北的水韵，寻觅一下飞逝的光阴。总有一些走出城的姑娘喜欢倚着桥头远眺，追随那自由的水鸟，紧跟那悠闲的扁舟，霎时间忘了世俗的烦忧，别了心路的坎坷，只有那双颊的红晕久久地依附在水面上，成了人在他乡的最大念想！

“我说桥边姑娘，你的芬芳，我把你放心上，刻在了我心膛……”一曲《桥边姑娘》不知唱醒了多少人的记忆，这熟悉的旋律总能在我的脑海中幻化成像，呈现出一副副无与伦比的模样。倘若你来南阳古镇，不妨也到桥边走一走，兴许还能遇见不一样的桥边姑娘！

捕鱼生活

俗话说“靠山吃山，靠水吃水”，在我小时候，的确有相当一部分的南阳人过着水上谋生的日子，其中就有捕鱼这个家喻户晓的行当。南阳古镇面朝广阔的南阳湖，依偎着古老的大运河，水资源十分丰富，这也给捕鱼人提供了绝佳的舞台。

从我记事起，大人们就常念叨着一个“渔民村”的村名，后来得知，其实它是南阳镇顺河村的俗称，主要因为过去的顺河村多以渔民为主。此外，当时的北一村也是镇上颇为有名的渔村。捕鱼人多以船为家，有的常年生活在船上，只有要买些日用品时才会靠岸下船。然而，多数的捕鱼人都过着日出而作日落而息的生活，白天捕鱼，晚上回家。于我而言，捕鱼不仅是一种生活，而且是一份不可多得的乐趣。

我家背靠运河岸，儿时清晨时分常常能见到撒网的捕鱼人。当刚出生的太阳还在以河为镜时，一只小木船便慢悠悠地划水而来，船头站一个人撒网，船尾坐一个人棹船，二者通常都是两口子，相当和谐默契。撒网人很有讲究，先要把网头捋顺了，要将网口弄准了，要上上下下地掬饬一遍，确定一切周全之后才扭动腰身朝河里一甩，瞬时间小船会晃悠得非常厉害，叫站在岸头的人都为之捏把汗，不过捕鱼人的水性好着哩！撒网人一撒一收，船舱里的鱼也渐渐随之多起来，一天的美好生活就这样开张了。

日暮时分，运河岸边偶尔会有放鹰的，这在南阳湖比较多见。在渔夫的麾下，鱼鹰就是最好的水兵。而在我看来，鱼鹰更像是船舷上的箭，但凡渔夫一声令下，就能看到“百箭齐发”的壮观场面，要知道，这些箭都是有的放矢的，它们不达目的决不罢休。一转眼的工夫，河面上的捷报频传，一个个鱼鹰依次出水，嘴里都叼着邀功请赏的战利品，只见渔夫在船上时而悠闲自得地抽烟哼唱，时而乐得合不拢嘴，我想这便是南阳古镇上最原汁原味的渔舟唱晚吧！

在南阳湖边，我也见过“下篮”的渔民。此篮非彼篮，渔民手中的篮呈水桶状，它以竹条为骨架，渔网围在竹条上，能够伸缩，缩起来就成了一个圈。下篮人通常在前一天傍晚到湖里选“点”，这可全凭渔家人日积月累的经验，然后把“篮”下到水中，做上记号，记号不宜太明显，否则就会被别人顺手牵羊。等到第二天早上，下篮人就会划着小船去看逮鱼的情况，南阳人都称之“拾篮”，拾篮是一件值得高兴的事情，但不得不说在此之前确实要费上一番功夫。

南阳人的捕鱼方法还有很多，像是下箔、叉鱼等，最不受人待见的就是曾经嚣张一时的电鱼，那是一种“吃祖宗饭，断子孙路”的方式，不过很快都被依法取缔了。后来，突如其来的水污染曾一度让南阳人无鱼可捕，不少渔民被迫改行，外出打工。水上的渔船少了，渔家的味道就淡了，“绿水青山就是金山银山”的道理便显现了出来。

如今，南阳古镇的水又变清了，水上的船儿也变多了，船上的宾朋都从四面八方赶来，他们带来了一双双巧遇南阳水乡的明眸，也带来了一颗颗捕捉古镇风情的红心。

鱼 鹰

小时候，站在我家屋后的大运河边就能看见鱼鹰，那鱼鹰整齐列队，分别站在小木船的两侧。一声令下，那一个个鱼鹰便会齐刷刷地跳下水，一个扎猛就不见了身影。数分钟后，那一个个水下战士便又陆续冒出了水面，双翅一扑闪就麻利地从水中跳上了船头，而后则将它们嘴里的“战利品”逐一地吐到船舱中，那场面着实有趣。

后来，随着科技的进步，当时新兴的“电鱼船”很快霸占了运河的河道，鱼鹰的身影便一下子消失了。每当听到电鱼船的声音，一种厌倦感就向我袭来，偶尔看一眼那飘满大鱼小鱼的水面，我就不禁浑身打怵。看不到鱼鹰了，就失去了到运河边玩耍的一种乐趣，以至于有好长一段时间都不再亲近运河。

上了初中，我听在湖边住的同学说，在南阳湖上还有放鹰的。于是，我隔三岔五就会跑到南阳湖边瞅一瞅，当时的机会都出现在下午放学以后，临近日暮时分。日暮时分的湖面金光闪闪，我有几次还真的望到了鱼鹰的身影，不得不感叹，原来它们更换了“战场”。站在远处望鱼鹰，只能望见它们灵便的身体，望见它们忠诚的样子，望见它们乐此不疲的背影……一身身乌黑的羽毛在偌大的湖面上就犹如一个个亮眼的墨点儿，融到湖中就像逐渐展开的水墨画一般，着实好美，那是一种自然的美，一种动态的美，一种无与伦比的美……

再后来，随着对大运河保护力度的加强，电鱼船终于被彻底地赶出了运河，赶出了南阳，鱼鹰也随之回来了，带着它们那最简单最朴素的行头回来了。当小船儿又推开了运河的波浪，当鱼鹰又快乐地跳入河中，当熟悉的号子在熟悉的地方响起，我曾有过一种美妙的错觉，我的童年又回来了。我也有幸带着我回归的童年去到他乡求学、工作、生活……

而今，每每乘船回乡，都能在乡水的一隅看到鱼鹰，它们早已成了故乡的符号，成了南阳人的写照。而今再看到鱼鹰，我不禁会心生敬意，感谢它们一直坚守着湖区的传统，感谢它们始终呵护着水乡的自然生态，感谢它们用一举一动化解了我心头的乡愁！

鱼鹰，黑色的精灵，水乡的卫士，以一颗赤诚的心去生活，用一双专注的眼去追梦……

一张网

清晨的阳光格外的明媚多彩，一条条看得见却摸不着的光线交织交错，照耀着梦里水乡，照亮了千年古镇。站在老家的大门口眺望，复古的建筑熠熠生辉，商铺的幡旗迎风招展，屋檐上的雏燕跃跃欲试，半空中的炊烟百转千回，岁月在升腾，记忆在沉淀，一颗游子的心悄然落入一张网。

沿着悠悠的青石板路，穿过窄窄的小巷，从房前到屋后，从街面到河岸。在那些波涛汹涌的日子里，客船南来北往，渔舟早出晚归，而今只剩下了一道道浅浅的涟漪。漫步至桥头，偶遇老熟人老面孔。那老翁如今已经年近七旬，瘦高的身躯日渐佝偻，他老伴的年纪应与他不相上下，老两口过去常年出入于河湖，过着撒网捕鱼的生活。老两口棹船撒网的身影曾穿插于我的少年记忆中，不过后来就莫名其妙地中断了。

“大爷，啥时候又开始撒网了。”我隔着两步就喊他，而他正与我那大娘拾掇着渔网上的鱼，一条条草鱼并不甚大，但都是活蹦乱跳的。

老两口闻声抬头，看见是我，便喜笑颜开地连声叫我的乳名。大爷告诉我，前些年，老两口说是去市里跟着孩子安度晚年，其实是帮忙看孙子，因此撂下了跟人大半辈子的渔网。随着孙子长大上学，老两口也渐渐上了年纪，到底是过不惯城里的生活，于是重新回到老家南阳镇。这两年，瞅着运河的水越来越清澈，老两口找出了一张半新半旧的渔网，隔三岔五地在岸头撒一撒。如果说，老两口过去撒网是为了生计，如今则是图个乐子。

我蹲在老两口的旁边，看着两双皱巴巴的手小心翼翼地取下网上的每条鱼，而后又把渔网的每条丝线都捋周正。当听到我说鱼小时，大娘“咯咯”地笑了，进而对我说道：“什么样的网逮什么样的鱼，再说鱼小听话，长大后心眼就变多了，就不听召唤了，这不也跟咱们人一样？”大爷紧跟了一句：“小的好养活，回家养起来，大点儿的就交给你大娘处置了……”猛一抬头，阳光里的金点子沾满了老两口的渔网，而爽朗的笑声却在河面上激起了波澜。

不可否认，我曾把祖父的严厉当作挥之不去的一张网，越是挣扎就越是被束缚。在那些看似密不透风的年月里，说话做事都要规规矩矩地，稍有出格就会被祖父训斥乃至责骂。曾几何时，我就感觉自己是一条鱼，而祖父就是那张偌大的渔网，每时每刻都能罩住我、逮到我，就像那年逃学逃课被一把逮到，就像那年离家出走被一连关了几天的小黑屋……我曾不止一次地想钻出那张网。后来，我竟不知不觉地成了漏网之鱼，脱离了熟知的河湖，来到了陌生的水域，不敢随便地惊呼，也不敢轻易地叫苦。

说实话，混入江海的这几年，顺潮者上，逆潮者下，不是被惊涛拍打，就是遭恶浪驱逐，最初的梦被拍得七零八落，心曾被击得千疮百孔。辗转于江海的日子，我比一条草鱼还小，稍不留神就会被无情地卷跑，甚至是吞掉。我多么奢求能有那一张网，知我不安，护我周全，让我在矛盾与挣扎中勇敢。时光荏苒，兜兜转转，没了那张网，天涯何处是归岸？

漫步在老家的河岸，视野开阔，一览无余，哪有什么网？蓦然转身，天边突增了几朵灰褐色的云，形似一张张网，随时随地都可能撒下来。

码　头

提起码头，我也情有独钟，多年来走进故乡抑或离开故乡的第一步都是从码头开始的，故乡的码头存放着我的渴望和眷恋。在以船代步的水乡，南阳人的生活也离不开码头，但凡离乡便要坐船，而船就停泊在码头旁，码头便成了我们的“车站”。

从我跟随祖父母生活起，故乡的码头便留在了我的记忆里。我家依河而居，老屋后面就是举世闻名的京杭大运河，那时的码头在离家不远的集市，集市有个显著的地标——石拱桥，因此那时的人们都习惯将码头称为“桥头”。

其实，桥头除了一座躬身弯腰上百年的石拱桥外，也没有什么特别的地方，要说最能拴住我记忆的地方，那便是一棵粗壮的柳树和几步光滑的石阶。那棵柳树，枝粗叶密，经常是一副长发飘飘的样子。儿时跟祖父到码头坐船时常会顺手扯两枝柳条，编这弄那。再说那石阶，每一块石头都滑溜溜的，而且被岁月吻得光彩熠熠，犹如一面面镜子。夏天坐在石阶上等船，那绝对叫一个透心的凉爽，若是在冬天，那就免了吧。那时桥头的船都是开往鱼台，我多次从这里跟祖父去鱼台县城进货。

上了初中后，我才听说镇政府后面还有一个码头，也就是南阳人嘴里常说的“公社后门”。南阳镇过去是公社，后来才被划成了“镇”。公社后门的码头面湖而建，站在码头上便能放眼烟波浩渺的南阳湖，岸头由一块块规整的石头砌成，颇具规模。公社后门的船只比较多，大船小船、客船货船大多都会在这里停靠，这里不仅有去往鱼台方向的船只，而且还有去鲁桥、丁楼、张黄的船只。船只往来频繁，人们出入方便，故而这里一下子就成了码头家族里的老大哥。码头上过去有一个用芦苇搭建的简易亭子，供人等船，夏时能遮阳，冬时能避风，着实帮了人不少忙。公社后门的码头沿用至今，始终发挥着不可替代的作用，如今的快艇、游轮也相继靠上他的臂弯。

近几年，随着南阳古镇的旅游业的欣欣向荣，来南阳旅游观光的人越来越多，于是故乡又新建了“红色码头”。红色码头在我家东面，相距约三里。它建在景区之内，面湖而立，背后则是景点“魁星楼”的新址。红色码头也是新时代的一个孩子，周围有兴建的亭台，有高耸的牌坊，还有木质的长廊，着实是一副新面貌，一派新气象。游客来南阳旅游，登上红色码头便进入了景点，两旁是奔流不息的湖水，面前是缓缓走来的历史，一个码头便是一个与众不同的开始，着实会让人有种非凡的体验。

其实，故乡的码头远不止三个，还有好几个小码头、临时码头，它们同样为南阳的发展出过力，甚至是立下过汗马功劳。记得 2003 年前后故乡修整过一次运河，当时的码头搬过好几个地方，多数情况都以河岸为码头，一块长条木板便连通了上船下船的“路”。或许，有些码头还未被人记住就悄然淡出了人们的视线，但历史不会忘记它们，水乡更不会。

时隔多年，我也成了故乡的游子，成了码头上的船，随时要为了生活奔走他乡，偶尔也会为了思念匆匆返航。不得不说，故乡的码头时常紧贴着胸口，它最懂我的乡愁，也最清楚我在哪儿漂流……

红色码头

如今的红色码头可谓是南阳古镇的一个地标，其周边的风光无限，是观湖赏景人的聚集地，也是不少游客了解南阳、走进古镇的首扇大门。

红色码头面朝一望无际的南阳湖，这里春时有碧波荡漾，夏季有芙蓉摇曳，秋日有鱼鸭戏水，冬天有十里冰封。辽阔的南阳湖有时就犹如一面亮堂堂的镜子，倒映着古镇的美貌和装扮，也照出了南阳人的淳朴与善良。

红色码头背靠一块偌大的庄田，南阳人称之为“东庄台”，这也是南阳人为数不多的一块庄稼地。过去的南阳人一年种两季庄稼，通常都是麦子和豆子各一季。儿时的我曾像一匹脱缰的野马在田间地头疯过、跑过，在麦苗油绿的时节，这里就如同一片草原，那时还没有“红色码头”，我也不懂把湖光天色与风吹麦浪拼在一起欣赏。后来不少的庄稼人都在地里种上了经济苗木，现在的庄台上苗木参天绿树成荫，站在庄台上看码头，着实有种“万绿丛中一点红”的感觉。

走上红色码头，一定要到木质长廊上走一走。走上长廊，步子会在不知不觉中变得轻快，而且踏步声清脆悦耳，你若仔细听那声响，就会找到快乐的节奏，就会跟随诗歌的韵律。若是赶上波涛汹涌，那便会听到步声与涛声的交织交错，便会沉浸其中，忘了世俗的烦忧，丢了身心的疲惫。

驻足码头，记得要深情地朝南阳湖望一望，无论是在哪个季节，你都能望到最纯最真的水乡。南阳湖中从来都不缺少船只，无论是来回穿梭的客船，还是晃晃悠悠的渔船，你总能在视线的推远和拉近间找到别致的景，要知道烟波浩渺的南阳湖常有百舸争流；南阳湖里始终都流露着水上人家的烟火气，不管是炊烟袅袅，还是鱼香阵阵，你总能在畅想与回味中感受炙热的情，听说地锅鱼最初就是从南阳湖上传出来的。

伴着湖风，从红色码头走近千年古镇，高耸的石雕牌坊迎面而立，它是南阳响当当的招牌，也是古镇实打实的象征，它在此迎接着归乡的游子，也在此招揽着八方的宾朋。拾级而上，气势恢宏的“魁星楼”飞檐翘角、光彩夺目，它是历史与时代的结晶，既蕴藏着历史的古香，又具有时代的新韵。

旧时的魁星楼在南阳人的生活中扮演着重要角色，赶考之人都要先到魁星楼里拜一拜魁星，认为魁星点到，必能金榜题名。不仅如此，听老人们讲，过去的魁星楼里有一口大钟，但凡有什么要紧的事情，都会敲钟传讯，那钟声相当洪亮，周围的村庄都能够听到，于是魁星楼也充当过南阳人集会的场所。时过境迁，情感依然，每逢升学季，南阳人还是会领着孩子到红色码头拜一拜魁星，就连一些天南地北的游客也会慕名前来祈福许愿……

如今，年过九旬的祖母在天气晴好的时候就会跑到红色码头晨练，她老人家习惯了看湖面上新升的朝阳，也习惯瞅一瞅庄稼地里又有多少苗木成材。而我每每回乡常选在红色码头下船，我喜欢在不同的天气里欣赏不同的湖景，也喜欢在不同的季节中邂逅不一样的花开。

不可否认，红色码头也拥有新时代的红色基因，这基因不仅给了它火红的青春，也给了它一颗火热的赤子心！

荷

毫无疑问，南阳镇以荷为荣，南阳人与荷为邻。时光荏苒，荷色融入了古镇的底蕴，荷香化作了人心的内涵。南阳与荷，血脉里有流不尽的波涛，情感中有道不完的佳话。

在“小荷才露尖尖角，早有蜻蜓立上头”的日子里，南阳人喜欢撑一艘木舟到湖里赏荷。春时的荷才刚刚崭露头角，含羞腼腆，就像内敛的南阳人。舟至荷前，荷在波上，波涌心头，一颦一蹙，一举一动，其美妙只可意会而不可言传。那一个个尖尖的小角紧紧包着儿时的天真，团团裹住成人前的念想，迎接春风，沐浴春雨，波涛汹涌的日子紧随其后……

在“接天莲叶无穷碧，映日荷花别样红”的日子里，荷彻底接管了古镇的水域，有水的地方就有荷，就有红花衬绿叶，就有清香袅袅。盛夏时节，荷举全家之力，拖家带口地在水面上盛装舞动，撩拨着运河的碧波，荡漾着大湖的浪涛，在鱼鸭嬉戏间摇头晃脑，于百舸争流中招手弯腰。夏日的荷热情似火，就像好客的南阳人，伫立在四面八方邀约，邀约着五湖四海的宾客。荷，从不吝啬，或以红花相赠，或以绿果相送，只求来客读懂荷的言语，只愿宾朋永存心间的荷香。

在“秋阴不散霜飞晚，留得枯荷听雨声”的日子里，北雁南飞，百花凋零，河湖趋于平静，古镇慢慢冷清，而荷还在坚守。俗话说，“一场秋雨一场寒”，秋寒里的荷依旧亭亭玉立，尽管荷盘渐残，但仍然不卑不亢地贴着水面，给守家的水鸟留一块

歇脚处，尽管花瓣渐散，但仍然默默无闻地飘香，给来访的孤客一种慰藉。南阳人的心底有一种根的情结，他们生在南阳、长于古镇，一辈子都在南阳，始终不离开古镇，就像那荷，像那倔强的荷。

在“菡萏香销翠叶残，西风愁起绿波间”的日子里，飞雪催荷走，冰封拒荷留，而荷依旧不肯低头。纵使红花凋尽，纵使绿叶飘零，徒留一根枯茎也要挺拔，这是荷的傲骨，也是荷的灵魂。就算一场场气势汹汹的北风将水面上的荷吹倒，荷也不屈不挠，委身淤泥之中，长出节节莲藕，给湖区藏下一份珍贵的宝。冬荷像老者，像上了年纪的南阳人，总想着为后代留下点什么，哪怕只是简简单单的一草一木。

荷，春生、夏长、秋枯、冬残，把最好的年纪给了最爱的水域，把最好的东西给了最爱的人。儿时，很多东西都是用荷叶来包裹的，不少的湖区美食都带上了淡淡的荷香；上学时，许多湖人从事着采荷的工作，干荷叶的销路始终很好，荷蕊的价值更是不菲，着实使一批勤劳质朴的南阳人变得富有了；而今，荷叶茶、荷叶水脱颖而出，带着湖区的味道走出了南阳，携着古镇的色彩走向了世界……

南阳人爱荷、宠荷、恋荷、念荷。待到良辰美景，兴致勃勃的南阳人会把荷请进自家的院落，栽荷、养荷、赏荷，从此与荷朝夕相伴；倘若花不逢时，心灵手巧的南阳人会把荷制成各种饰品，摆在桌上、放到床前，品荷韵、道荷情，就此与荷交换心灵……

南阳长荷，荷生南阳。南阳与荷，有情有义，有今生有来世！

风

二月的春风乍暖还寒，却潜藏着故乡的深情款款，与风为伴，春在心间，不觉叫人感慨万千。

一转眼，故乡的风把我送上了宽阔的大马路，不知从何时起，我也成了“独在异乡为异客”的游子。好在，故乡的风时常徘徊在眼前，默默地跟在身边，柔柔地拂过心田……

故乡的风常常带着微润的鱼腥味儿从南阳湖上吹来，迎面而来的还有那气势如虹的浪涛、百舸争流的船只、竞相潜跃的鱼鸭。故乡南阳镇因湖而得名，湖是故乡的交通要道，也是故乡的亮丽名片，那一望无际的湖面多少年来都是风最偏爱的宠儿。在湖风四起的日子里，风中传来流水奔涌向前的欢快声，传来木船悠然自得的摇桨声，传来渔家儿女日常起居的熙攘声……

伫立在湖边乘风，顿时令人心胸开阔；漫步在湖边乘风，刹那间叫人忧消愁散；驰骋在湖边乘风，不觉中让人心驰神往！

故乡的风有时带着清新的荷香从池塘里吹来，迎面而来的还有那粉红的荷花、碧绿的荷叶、丰硕的莲蓬。故乡的荷不讲究生长的条件，不论水域的肥沃与贫瘠，她都适时而生，努力扎根，像极了故乡里那些朴实无华的渔家姑娘。故乡的荷风会从“小荷才露尖尖角，早有蜻蜓立上头”的春天吹来，一路沿着“接天莲叶无穷碧，映日荷花别样红”的夏日游走，时常会在“秋阴不散霜飞晚，留得枯荷听雨声”的秋季徘徊……

迎面荷风，多少青春恍然如梦；迎面荷风，多少心事徜徉其中；迎面荷风，多少人还在苦等？

故乡的风偶尔带着浓浓的乡音从小镇上吹来，迎面而来的还有那慈祥善良的老者、憨态可掬的孩童、勤劳能干的青年。时光荏苒，时过境迁，时间改变了故乡的生活，却始终没有改变乡音。故乡没有高大建筑的阻挡，一条街上的邻里间经常你一言我一语；故乡没有车水马龙的喧嚣，巷子里时常回荡着街坊们原汁原味的家长里短。用心回味，乡音里永远都传递着真诚、善良、淳朴、和美……

乡音的风从大街小巷吹来，每每吹来一声声久违的问候；乡音的风从老家庭院吹来，常常吹来一个个满满的拥抱；乡音的风从内心深处吹来，频频吹来一段段无言的想念！

站在异地的高处沐浴故乡的风，湖风湿润了我的眼角，荷风拨动了我的心弦，乡音的风牵动了我的思绪！望着远处的山峦，听着四处的喧嚣，我是多么渴望……我渴望变成一朵云，随着故乡的风往故乡的天上飘；我渴望变成一只船，随着故乡的风往故乡的湖中划；我渴望变成一首诗，随着故乡的风往故乡的音里填。

此时，我才恍然大悟，故乡的风并没有春夏秋冬之分，永远都是轻轻的、柔柔的、暖暖的、甜甜的……

常言道“父母在，不远行”，而故乡在又岂能远行呢？还好，我从未走远，故乡的风还能时时地探望我、召唤我、抚慰我……

云

每当仰望天空都能遇见故乡的云，故乡的云远在天边，也近在眼前，其实也早已飘入我的心间。

小时候，在每一个晴空万里的日子里都喜欢看故乡的云。故乡的云有千万种，有的像牛，有的像马，有的像花，也有的像叶……故乡的云载着我们这批湖区的孩子漫步于花园中，驰骋在草原上。小时候，常听大人们神采奕奕地讲，故乡的云上住着神仙，他们经常腾云驾雾日行千里。我偶尔会非常好奇，为什么看不到云彩上的神仙呀？大人们则会回答道，“听话的孩子就能看到，云上的快乐神仙要是见到听话的小孩儿，说不定还会带他去腾云驾雾游玩呢……”

后来，我跟着故乡的云走进学堂，每天跟着一朵云上学放学，我走他也走，我停他也停，要是看到体弱的我摔倒了，他就耐心地等我一会儿，要是我摔疼了，他也会心疼地看着我，时常会让阳光扶我起来。就这样，一朵故乡的云陪我走过小学、读完初中，与我在童年的时光里相伴相随。

再后来，我到外地读高中，第一次与故乡的云分开。我离开家乡的那天，故乡的云忍不住哭了，哭得让人不知所措。在踏上离乡客船的那一刻，我发现离乡的船就是故乡的云，那艘船满载着期待与我一同驶向了异地。在外求学的三年里，每当我想家的时候，我就会抬起头望向天空，天边也总有一朵故乡的云在等我出现，我喜欢睁大眼睛看着他，把我想说的话都告诉他，他总是那样懂我，总会在我难过的日子里下一场雨，那雨里包含着我的乡思和乡愁……

而今，我在故乡外的县城已经打拼多年，这些年我与故乡聚少离多，而故乡的云时常会偷偷跑来看我，它知道长大的人都会经历摸爬滚打，都要学会独立生活，它也知道离开家的孩子都会在得失之间纠结，都会在梦醒时分黯然泪下。我习惯在陌生的街角仰望，每每都能望见故乡的云，望见他含情脉脉地瞅着我，带着最纯真的爱，当然还有数不尽的牵挂！

故乡的云，轻盈而又饱满，即便跨过万水千山，也依旧热情不减；故乡的云，纯粹而又简单，哪怕时过境迁，也依旧朝夕相伴。在每一个风起的日子，总会有一朵故乡的云被吹到眼前，那云像是走丢了的童年，像是刚寄出的家书，也像是待欢聚的驿站……

其实，故乡的云就分为两种，一种是收藏过去的云，另一种则是追寻未来的云，望着故乡的云，我的心既有一种难以名状的留恋，又有一种情不自禁的渴望……

月

故乡的夜空是深蓝色的，无论在哪个季节，都蓝得没有瑕疵，没有杂念或顾虑。待明月登上夜空，星儿快乐地依偎到月的身旁，并喜欢伴着月辉尽情闪烁，不计风寒，不畏寂寥。

我钟情于那样一个月圆之夜，喜欢凑到抽着香烟的祖父跟前，向他老人家吐露一些迷惑不解的心事，因为抽烟时的祖父心情最舒坦，语气也最和蔼，而我的点点忧愁总能被祖父的一个个烟圈带走；我也喜欢在那样一个晚上向祖父炫耀自己，讲述自己在学校受到了哪位老师的表扬，抑或在球场上投进了几个球，反正就是忘不了给自己的脸上抹金。时光飞逝，物是人非，祖父留给我的常常是他的严厉与刚强，可重拾曾经的圆月夜之后便又忆起他老人家的宽容，乃至他的柔情……

故乡的弯月陪伴了我最为贪玩的童年时光，陪着我天真快乐，也陪着我调皮捣蛋。小时候，夜晚的大街已灯火通明，可小巷还是黑咕隆咚的，而我们就喜欢在那小巷里玩耍。记得捉迷藏之前我们常先聚在一起，听某个小伙伴讲上一段所谓的鬼故事，然后再分头行动，各自埋伏在小深巷的旮旯里。静下来的小巷着实显得阴森森的，这时再想一想先前听到的鬼故事，就会禁不住地毛骨悚然，而且还会随时遭到伙伴们鬼哭狼嚎一般的惊吓……此时的我就喜欢瞅几眼夜空的弯月，心想月姥姥还陪着我呢，怕啥哩，话虽这么说，但还是免不了提心吊胆。那时的我们一玩就玩到小半夜，月姥姥经常含情脉脉地陪在我们左右，偶尔我还要搂着弯月一觉睡到天明呢！现在想想故乡的弯月，真的挺神奇的，难道它真有非凡的魔力？

说起故乡的月，自然还会想到荷塘。其实，生在河边湖畔的我真没怎么去过荷塘，伴着月色前往更是屈指可数，但都印象深刻。找一个月色朦胧的夜晚蹲守在荷塘边，这样更容易把情感带进去，更容易让人分不清仙境人间。月光会在人不经意间倾泻下来，会在荷叶上熠熠生辉，会在荷花上流光溢彩，如诗如画，如痴如醉……你尽管陶醉其中，尽管傻傻地看，傻傻地听，傻傻地想，也总有阵阵荷香为你倾心，会有窃窃私语萦绕耳畔……蓦然回眸，荷在月上，月照荷塘，形影相伴，你来我往，怎不叫如今的痴情人傻傻地为之痴狂？

“人有悲欢离合，月有阴晴圆缺。”故乡的月时常婆娑在离人的胸膛，那皎洁的月光会掩住我心头的痴想和奢望，也会悄悄掩上莫名的伶仃和彷徨。

“春风又绿江南岸，明月何时照我还？”而今，故乡的月陪我行走在他乡，时而跌跌撞撞，但总归不卑不亢，只为每季的春风都可以了却经年的惆怅。

“露从今夜白，月是故乡明。”故乡的月习惯藏匿在老地方，每每念起，便叫人不由得浅唱，而一唱就想要地老天荒……

雪

我已好几年没有在老家南阳古镇过冬了，也好久没有看见故乡的雪，尽管如此，在异乡的冬日还是可以邂逅故乡的雪的，那雪常常美在眼前，也暖在心里。

上次看见故乡的雪还是在三年前，当时正赶上我回乡过年，那年的雪下得很大，大到能够装满我的每个冬天，那场雪也应验了“瑞雪兆丰年”的说法。南阳人爱雪，尤其是在冬季流感恣意妄为的日子里，一场大雪极有可能给它们带来灭顶之灾，三年前的那场大雪就如此给力。

那场雪一大早就给人带来了惊喜，雪花飘飘扬扬，晶莹剔透，捧着年的喜庆，捎着春的问候。当我急急忙忙地闯入雪的世界时，好多人早已陶醉于自家门前的雪景中。起初的雪不大不小，一片一片地装扮着严冬的素颜，也勾勒着古镇的线条，飞在空中楚楚动人，落到地上安安静静。雪舞的时间很短，在那个上午，我看到了雪的不卑不亢，甚至还有一种小任性或小倔强。

后来，雪大了，青石板路上的雪水越积越多，路上的人越来越少了。霎时间，一位穿着“毛毛头靴子”的老人从眼前走过，一下子扯出了我脑海深处的记忆。我小时候还曾穿过这种靴子，靴子外面全由芦苇头包裹，南阳人称之为“毛毛头”，多是由家里老人制作的，专门应对雨雪天，不仅防滑，而且十分保暖，一点都不比后来兴起的雨靴差。儿时的我也很贪玩，雨雪天也挡不住我，而每每赶上下雪，祖父母都会格外叮嘱一句，“穿上你的

‘毛毛头’再去疯！”在那些流光溢彩的冬日里，“毛毛头”的确就是下雪天的标配。

顺着那雪的阵势，我跑到老屋后面的运河边，这也是我少有的在河边赏雪的时候。放眼大雪纷纷的运河岸，早已是白茫茫的一片，每朝前走一步，岸上都会留下我污浊的鞋印，不过很快又会被白雪掩藏，是一份情感的修复，也是一种心境的更新，不禁要说，故乡的雪到底是有胸怀的，也是有内涵的。飞雪下的河面是汹涌澎湃的，一改严冬时节的沉寂，一枚枚雪花如同一粒粒开心果，彻底捕获了河的芳心，拨动了水的乐子。雪花“簌簌”地从天而降，波涛“潺潺”地在河中作答，彼此感应，彼此融合，那一刻豁然开朗，感觉妙不可言，不得不说，那场雪触动了漂泊的游子心。

再后来，雪停了，年近了，家家户户的屋檐上都是厚实亮堂的白雪，好比盖上了三层棉被。打扫路上与院落的积雪便随之开始，纵使心头有万般不舍，也得下得去手。竹扫帚、大铁锹、尼龙袋，成片的雪被堆了起来，堆起的雪进入袋子，袋中的雪都交给了古老的大运河，于是河水欢了，初春来了……

那场雪，最叫人难忘的应是小弟团了许久的一个雪球，当我从那冻得通红的小手里接过雪球时，我确信我的整个童年立马苏醒了，并且再也没有失联过！

一束阳光

一束阳光刚刚好，迎着一束阳光走进美丽的南阳小岛，沿着一束阳光在老屋的门口寻找，守着一束阳光虔诚地祈祷。冬的一束阳光对于一个没有通暖气的运河小镇而言无比重要。

迎着一束阳光，老街的两旁好是热闹，街坊邻居聚在门前晒暖，有说有笑。老太太脸上的褶皱被阳光赶跑，小媳妇的笑容攀着光芒闪耀，时而听她们拉家常道里短，时而听她们回忆起陈年往事，时而又被她们之间的悄悄话吸引。

迎着一束阳光，寒冬里的孩子有蹦有跳。在我离开故乡去异地工作之前，邻家的两个孩子还嗷嗷待哺于襁褓，一转眼，他们都长得老高老高。不怕冷的两个小家伙趴在地上玩着琉璃球，俩人忙前跑后，肉嘟嘟的小手被寒风吻得通红，而他们却玩得不亦乐乎，俨然已把寒风忘掉，爽朗的笑声也让那阳光跟着连蹦带跳。

迎着一束阳光，运河对岸的渔夫正在兴致勃勃地修补渔网。阳光中的金点子撒满了渔网，一会儿在网上滞留发呆，一会儿又在网上调皮撒娇，老翁哼着小曲，老妪唱着小调，彼岸的时光着实美妙。迎着那一束阳光，他们一定在畅想来年开春，畅想南阳湖里的日出斗金，畅想他们打鱼生活中的满载而归……我替他们想想都不由得乐陶陶。

迎着一束阳光，轻而易举地就找到了古镇上的老字号。光芒在高挂的牌匾上闪闪，人烟在店铺前的青石板路上如潮，心思在嗅觉、视觉、味觉之间徘徊停靠。把一束阳光拉长，拉成记忆的绳索，顺着绳索去探寻老字号的悠久历史，去琢磨特色美味的秘制配方，去咀嚼岁月的香甜美妙，你一定会不禁感慨：一个冬天两种味道！

一束阳光刚刚好，她有最温暖的拥抱，有最神奇的解药，也有最幸福的味道，当然还有我们南阳人世世代代的需要！

麦　浪

每每遇上他乡的丰收季，便会想起故乡的麦浪。前些年南阳古镇上还有不少庄稼人在仅有的田间地头务农，那时地里最常见的农作物就是麦子。而今再当想起古镇上的那一片片麦浪时，一阵阵芬芳便悄然从记忆里飘出。

对于在农村长大的孩子来说，看到麦浪是再平常不过的事情，但对于在湖区长大的我来说却有点奢侈。南阳镇水多地少，耕地更是寥寥无几，多以“庄台”为主，可谓是弥足珍贵。说到了庄台，其实就是人造耕地，它的土壤几乎都来自我们的大运河和南阳湖。过去，在河道湖泊的清淤过程中，大量的泥沙被挖出，于是就堆成了一个个的“庄台”，南阳的庄台四四方方，在古镇的东西南北各有一块，我家的地在东庄台。

由于庄台的面积有限，南阳人分到的耕地也十分有限，我们一家六口人才有两分多地。尽管南阳人的耕地少，但种地的热情还挺高。在我小时候，我常跟着祖母去种地，她老人家经常扛着锄头，而我有时帮忙拿着耙。种地不仅是个力气活，而且还是一个巧活，祖母干起农活总是一丝不苟，像养育子女一样，一垄垄，一道道，全都被祖母打理得井井有序。那时的我着实是个懒虫，除了看就是玩，要说干点活便往地里撒几把种子。

每年的五月底六月初，麦子就进入成熟期。我小时候还曾纳闷：课本上都说秋天叶黄，可这麦子为啥是在夏天泛黄呢？这个问题曾陪伴我走过那天真无邪的童年。

冬天里的庄台显得光秃秃的，油绿的麦苗在寒风中根本不怎么起眼，可一旦进入初夏，庄台就完全变了一个样，着实被装扮一新，金黄的麦秆亭亭玉立，丰硕的麦穗摇头晃脑，远远地望去，金光闪闪，那庄台就像戴上了皇冠，好是光彩亮丽，好是风度翩翩。

我们的东庄台背靠南阳湖，一个高大的牌坊挺立在岸头，牌坊上的“南阳镇”三个字格外耀眼。每当缕缕夏风袭来，波浪便会在湖中热情地掀起，是一道接一道的碧绿色，而麦浪则会在庄台上骄傲地涌动，是一片连一片的金黄色。当波浪与麦浪交相辉映，当波浪与麦浪此起彼伏，当波浪与麦浪隔空相撞，那时痴迷的我们常常忘了眨眼，总是目不转睛地追逐着、贪恋着、幻想着……

时光荏苒，如今故乡的耕地大多都栽上了树木，有时仔细想想，真的感觉无比神奇，仿佛一转眼的工夫，细麦秆就变成了粗树干，小男孩就变成了大男人……不过，古镇的耕地还是会种麦子，也还会有麦浪，因为那是一份生活的信仰，也是一种信仰里的倔强！

而今，每当赶上风吹麦浪，我都会望向故乡，因为在那里年年都有待熟的麦子，以及我待收的乡愁……

早　市

提起南阳古镇的早市，我的思绪便一下子回到了二十多年前，那时我还是一个稚气未脱的孩子。故乡的早市很早，尽管我喜欢赖床，但对南阳那原汁原味的早市还是耳濡目染，那些蕴藏着渔家风情的画面常常浮现在脑海中，时隔多年，仍然恋恋不忘。

我家依河而居，老屋后面就是蜿蜒千里的京杭大运河。我的早市记忆还要从冬天说起，冬夜相对漫长，一觉往往睡不到天亮，我很有规律地要起一次夜，大约都在凌晨三四点，而这个时候也正好是南阳早市开始的时候。

起夜后我时常不能立马再睡，辗转反侧之际便会听到运河岸边有声响，偶尔还会有手电筒照到窗户上，如果不明白情况，肯定会被吓一跳，会以为是什么小偷强盗。在此要多说一句，南阳古镇的治安环境始终好着哩，其实那岸头上的声音多为鱼贩子从捕鱼户手中买鱼时的讨价还价声。仔细听便能听出一点门道，“几个钱一斤？”“便宜一点儿，这鱼大小不匀，我到时还得分开卖。”“一口价，都给包圆（买完的意思）！”……鱼贩子都精明得很，常常三言两语就能谈成一笔称心如意的买卖，也不得不说他们也挺不容易的，干他们这行才要起早贪黑呢！

我的祖父喜欢赶早集，最迟不晚于六点钟，那些年祖父患上半身不遂，有时会喊着我帮忙拎东西，而我经常起不来，即便被叫醒也很不情愿。冬季天亮较晚，六点前还时常繁星当空，我总是无精打采地拎着篮子跟在他老人家后面，时而揉一揉惺忪的睡眼，时而伸伸懒腰打个哈欠。沿着如梦初醒的运河岸，五彩斑斓的霞光会一点点地出现，每每会遇上几位推着独轮车去卖菜的庄稼人，独轮车上的蔬菜新鲜无比，大多都是乡亲们自己种的，绝对是纯天然无公害食品，他们有时还没推到集市上就被沿岸的住户买光了。

走到“双火巷”的巷口，没准儿就会遇见挑着扁担往集市上赶的粥夫，他习惯地哼着小曲迈着小碎步，看似急急忙忙，其实也挺悠闲自在。总以为起得够早了，但踏进集市才知道赶早的人多着呢。一路上，刚出锅的油条果子叫人垂涎欲滴，王家煎包的吆喝令人蠢蠢欲动，而那石家羊汤更能拴住人心。如果祖父不急于买东西，就会让我先吃些早点，要么是喝粥泡油条，要么就是羊汤配煎包，我经常一边津津有味地吃，一边竖着耳朵听，听大人们讲那些鲜为人知的奇人异事。说实话，我至今还很享受那个过程！

最初的集市就在桥头，离我家很近，但后来则搬到了老罐头厂的附近，成了更加规范齐整的南阳镇农贸市场。祖父赶集首先要奔着去买鱼，鱼市也确实最招人，用祖父的话讲，“只有赶早去，才能买得好，才能买到最新鲜最实惠的东西，尤其是鱼。”这话相当在理，那些年的鱼市常常是人头攒动熙熙攘攘，赶集而归的南阳人见了街坊邻居经常会高兴地说一句，“买了一条大活鱼！”

在南阳古镇旅游业还没发展起来的那些年里，多数的青壮年都外出打工谋生，留在镇上的都是一些老人和孩子，平日里的小镇冷冷清清，而早市恰恰给古镇带来了难得的生机，那生机是老人们为了生活而不辞辛劳，也是孩子们为了将来而只争朝夕……

时光荏苒，时过境迁，祖父离开我已经多年，而我也成了常年在外的游子。然而，每每想起南阳古镇上的早市，我都会念起那些年被爱的时光，那时光里始终闪烁着南阳人最纯最真的模样！

夜 市

尽管古镇的常住人口并不多，但也有繁荣熙攘的景象，在此就不得不说一说别具特色的古镇夜市了。

天刚上黑影，一串串火红的灯笼便赶来接岗，一抹抹红晕瞬时照亮了乡间的青石板路，疙疙瘩瘩的路面上婆娑着一个个好看的人影，既有结束一天忙碌的乡人，也有观光旅游的游客，既有稍带酒意的老翁，也有略显调皮的孩童，不一会儿，此起彼伏的谈笑声便在街巷中传播开来，顺势会让古老的商业街舞动起来。

我家位于镇上的书院路中段，此路又称商业街，街上店铺林立。我家也开店，做着日用百货和当地特产的买卖，夜晚的生意有时要好于白天，我想这多多少少得益于南阳夜市。

我家斜对面曾是南阳镇计生办的两层办公地，后经拆迁成了群众的健身广场，偶尔会有镇上的腰鼓队、秧歌队前来排练表演。广场的一角有个看似不怎么起眼的地摊，但到晚上就变成了镇上孩子的焦点，来这里“套圈”是他们乐此不疲的事情，花钱寥寥，快乐多多。一个个憨态可掬的小家伙，踮着脚、探着身、伸着头，瞅了又瞅，瞄了又瞄，时而敛声屏气，时而振臂高呼，套住的是天真无邪的快乐，套不住的是得寸进尺的奢望。年轻的摊主很是大方，即便孩童套不着东西，也能收获一份小小的纪念品，一来二去，摊子周围的人越来越多，就连镇上的几个老顽童偶尔也趁着夜色前来过把瘾。

我家对门是一家奶茶热饮店，这种门店在镇上屈指可数，在近两年兴盛的南阳旅游业中应运而生，算是古镇上的新潮流。不得不说，当新潮遇上了古风，确实别有一番味道。夜晚漫步的年轻人也喜欢捧上一杯奶茶，椰果的、珍珠的、冰激凌的，反正都是些甜蜜的味道。那甜蜜常常被古镇的灯影包裹着，被轻快的旋律簇拥着，偶有成双结对的青年男女从奶茶店里进进出出，古镇的爱情故事也悄然进入了第一杯奶茶的时代。

古镇的商业街分为两段，相互成“L”型，有人习惯地将我家所在的那段称为“老商业街”，把另一段说成“新商业街”，这也是有一定事实依据的，毕竟两段的街景不尽相同，尤其在晚上。走到新商业街，灯火一下子亮堂起来，变幻的灯彩时常会淹没灯笼的红晕，街两旁遍布着商铺和酒家。这家的湖特产，那家的渔家味，人来人往，烟火气十足。在这条街上，有一家做甜点的老字号，名叫“庆三恒”，每逢夜晚就人气暴涨，铺子里的桃酥、月饼、麻板等甜点都独具风味，据说是从祖上传下来的工艺。说实话，南阳人平时不怎么爱吃甜点，但对“庆三恒”的果子却情有独钟，不少人都习惯赶在晚上来此买上一两斤点心打打牙祭，那果子香酥可口，吃起来更是回味无穷。

沿着影影绰绰的青石板路，穿过回声嘹亮的巷子，在运河岸边邂逅古镇的烧烤摊。一张方桌、几个马扎、涛声阵阵、虫鸣窸窣，在昏暗的灯光下，时常有人优哉游哉地吃着喝着。城里的烧烤以肉为主，而古镇则以鱼为美，在烧烤师傅的手下，各种南阳湖里的鱼都能用来烤制，几分钟的工夫，活蹦乱跳的鲜鱼就成了竹签上的美味，那香气绝对叫人难以抗拒。这几年，运河岸边的烧烤也逐渐成了南阳夜市的一大特色，每每都会持续到后半夜，有时睡醒一觉还能听到食客们兴致勃勃地调侃，一半是醉意，一半是诗意。

听我年迈的祖母讲，过去的南阳夜市也很热闹，尤其在夏天。

那时南阳镇上还没有通电，夏夜的燥热让人彻夜难眠，家家户户常常会在大门口铺一张凉席，一家老小围坐在一起拉呱乘凉，夜市便随之发展了起来。当时我家隔壁有一家茶馆，夏天夜晚就在路边支个摊子卖大碗茶，两分钱一碗，那用大碗茶和冰糖闷出来的茶水着实好喝，而且凉飕飕的，消暑解热，备受青睐。据说，康熙皇帝当年来南阳镇微服私访时，就曾端着大碗茶与百姓畅聊对谈，甘甜可口的茶水一下子拉近了帝王与百姓的距离。

那时，南阳镇上还有走街串巷的货郎挑子，他们早出晚归，后来有些货郎瞅准了南阳的夜市。每每暮色渐至，货郎便担着挑子活跃起来，缠糖稀的、捏面人的、卖瓜果的，一声声吆喝传遍大街小巷，一群群馋嘴的孩子总能够老远地感应到，提前就央求着爹娘买这买那。夏夜卖鲜莲蓬的居多，不少货郎都挑着两箩筐新采摘的莲蓬卖，“鲜莲蓬来喽，刚从湖里打来的嫩莲蓬哦……”吆喝不了几声，两箩筐莲蓬就卖完了，鲜不鲜只有吃了才知道，南阳人喜欢吃莲蓬，老莲蓬也能被吃出甜味来。

那时，南阳镇上有一家名声在外的“杨家汤馆”，因做鱼片酸汤、鱼丸子汤而出名，那汤汁鲜美、鱼片湿滑、丸子劲道，深受镇上群众的好评。每当夜幕降临，杨家汤馆的五六个汽灯便齐刷刷地亮起来，把一道街都照得如同白昼，汤馆的生意也随之红火起来。过去，干了一天活的乡人常喜欢下馆子来犒劳一下自己，杨家汤馆就是首选，再吃上两块刚出锅的烧饼，那简直就跟过年似的。据说，当时有很多厨师来杨家汤馆拜师学艺，有人还得到了真传，因此做汤的手艺被沿用至今。

那时，南阳镇上的“鱼市”从午夜就开始了，尤其在夏季，可谓是热闹非凡。过了子时，镇上的鱼贩子们就忙活了起来，他们与镇上的渔民讨价还价、称重过磅、嬉皮笑脸，睡不着的人可以支棱着耳朵听听，但有些暗语是很难听懂的，比如“一锅捞（不分大小）”“全包圆（全买下）”等。俗话说，“没有金刚钻别揽瓷器活”，夜色里的鱼贩子们都精明得很，慧眼识珠、巧舌如簧、见好就收，总能够在天亮之前谈成如意的买卖。随着昼夜交替，古镇的夜市一转身就成了早市，鱼贩子们也随之从买家变成了卖家。

不论过去还是现在，南阳古镇的夜市始终是流光溢彩的，始终流动着河湖激情四射的浪涛，飘溢着渔家原汁原味的味道。寻着南阳夜色迈入古镇夜市，缘随眸动，情从心出。

夜　色

每逢皓月当空的夜晚，乡愁就开始不由得荡漾。的确，露从今夜白，月是故乡明，冬夜更容易起乡思，更容易让人回想起南阳古镇的夜色。

古镇的夜是静谧的。当夜色均匀地弥漫开来，故乡便渐渐地趋于平静，像是即将进入闺房的姑娘，温文尔雅又落落大方。故乡也是水做的，四面环水，湖河交错，水的韵律、水的号角、水的不老神话都在这里孕育。

顺着静悄悄的夜色前行，铺开记忆，踱步而去，从漕运码头走到胡家钱庄，从康熙下榻处的气势恢宏讲到状元胡同的奇人异事，从杨家牌坊的志士想到魁星楼的神灵，走一路，讲一路，寻一路，想一路，没有车水马龙，没有纷纷扰扰，时而有邻家孩子闹觉的哭啼，时而也有风吹草动下的犬吠……

古镇的夜是美丽的。每每夜幕降临，成群结队的大红灯笼便接踵而至，齐刷刷地照亮故乡的大街小巷，红晕照着青石板路，路上人影婆娑，潇洒自如，同时也照亮那路上的故事，耐人寻味，以至叫人穷追不舍。

在那晴朗的夜晚，明月高挂，或如玉盘，或似小船，哼着一曲“月亮走我也走”便在那曲径通幽的途中怡然自得。夜色下的古镇张灯结彩，谁家的大红“囍”字在门上熠熠生辉，谁家的娃儿正在门旁偷偷地撒尿，谁的院落里有乐手们的吹拉弹唱……夜色下的南阳犹如画卷一般，缓缓地打开，一点一点，令人惊艳，画在夜上，夜在画中，真是无与伦比！

而今，运河岸边的夜色被五彩的灯光装扮，小桥的模样在璀璨的光线中夺目，波涛的眸子在变幻的光晕里闪烁，冬夜里的运河有了与众不同的暖色调，是春在前瞻，是心在召唤……

好想再沿着古镇的夜色走一走，走一走那凹凸有致的青石板路，望一望那寒风中乐此不疲玩耍的孩子，或许能够重拾一两件往事；瞅一瞅那前簇后拥携手同行的一家老小，或许可以重新体会家的味道与温度。走一走那不同寻常的心路，寻一寻那分道扬镳的水鸟，找一找那无果而终的芙蓉。我喜欢在古镇的夜色里陷入沉思，喜欢在冥冥之中重新审视过去与将来，喜欢在茫茫之中重新判断与选择！

古镇的夜色总能够顺着一个方向延伸，顺着弯弯的月牙延伸到了思念，顺着点点的渔火延伸到了渴望，顺着闪闪的灯彩延伸到了诗和远方……

夜 钓

夜色朦胧，晚风习习，踏上静谧的青石板路，与古老的小镇邂逅；明月高照，信步于杨柳成行的河岸，与运河岸边的夜钓者碰面。

迎面风起，缠缠绵绵的风儿在古运河的岸边徘徊游荡，吹得漫步岸边的人如痴如醉。小桥温情地横跨两岸，架起了南阳的古往今来，传递着南阳人的甜蜜歌唱，每到夜晚，小桥便深情地眺望。柳条儿喜欢在月夜梳妆，婀娜的身姿映在河中，皎洁的月光为她定格永恒。择一岸边的石凳坐下，闭目冥思，近处有河水的潺潺作响，远处有蚊虫的窃窃私语，更远处还有诗意的悄然碰撞……

随着深一点的夜色布下，只见小镇上的夜钓者们开始检查各自的装备、调试常用的渔具、备好一烟一茶，骑上车子，迅速集结，夜钓的序幕就这样拉开了。

俗话说，"内行看门道，外行看热闹"，我看的当然是热闹。夜钓的人相当专业，凡事都有讲究，并不是我想的"随便找个地方甩钩就钓"。

其实，他们要先在岸边"侦查"许久，要对河面观察一番，要找一个最合适的窝才肯"安营扎寨"。然后，他们在选好的地方撒一把自己精心配制的饵料，俗称"打窝子"，就好比给水下南来北往的鱼儿发个邀请函，吸引其聚集。紧接着，他们会打开头戴的探照灯，架设好各种渔具，点上一支香烟，接着就一丝不苟地盯着水面了。霎时间，河面风平浪静，只有烟头的红点在闪烁，只有难耐的蚊虫会乘机捣乱。

“上钩了……上钩了……”夜钓者在小声地告知同伴，呼唤声瞬时打破了那寂静的夜色。“走你……来吧！”只见一条活蹦乱跳的大草鱼被提出水面，河里的波纹一道接着一道，岸边的称赞一句接着一句，悬挂多时的明月也激动地跑到水面上雀跃。

没多久，周围便恢复了平静，水面微微地晃动，知了在浅唱盛夏。过了一会儿，岸边又开始沸腾了，鱼儿出水，喜悦入心。从青石板上走过的人已经在小声议论，“他钓了一条两斤多的大鲤鱼”“那个穿迷彩服的老头儿一支烟的工夫就钓上来三四条哩”“那小青年的水桶里活蹦乱跳着好几条草鱼呢！”……听罢，不禁感叹，原来这小镇上竟还有如此多的观众啊！

姜太公钓鱼，愿者上钩，钓起的是收获，钓到的是快乐。南阳夜钓，这边独好，这边的夜钓是一道名副其实的风景线，这边的夜钓也经常被五湖四海的朋友称道，你若来访，没准儿就会加入他们，就会跟着他们一起去钓人在旅途中的美妙！

石板路

故乡的路很是柔软，也特别温暖，每每都带着一种久违的亲切感，尤其在一个归乡的傍晚。

故乡的路不宽，最宽处也不过三四米，窄处只有一米左右，在我看来，故乡的路最能留住游子的脚步。那一块块青石铺成了故乡的路，或头尾相接，抑或两肩相并，或光滑透亮，抑或凹凸不平，或留着岁月的痕，抑或映着生活的印……那一块块青石有的很早以前就已经扎根于乡土，有的在我的童年时嵌入，也有的是时代不断向前发展的见证，就这样，新与旧相融，过去和将来相通，漫步于故乡的路上，心头总有一种与生俱来的感动！

漫步于故乡的路上，两旁是林立的商铺，是对门的人家，是百年老字号的招牌，是曲径通幽处的巷口，走走停停，停停看看，走不完的是记忆，看不够的是过往，曾以为已将故乡的路走遍，竟未想到每每驻足都有看不够的风景、寻不完的故事……漫步于故乡的路上，永远都充满湖区儿女的痴爱！

漫步于故乡的路上，两旁是热情的乡邻，是熟悉的乡音，是奔流不息的运河，是波涛汹涌的大湖，走走听听，听听等等，听那来自故乡最纯粹最直接的问候，等那发自心头最尽情最释然的共鸣。一句“回来了”成了而今的动情时刻，瞬时便让脚下的乡路变得更顺畅、更自如；一句“在外还好吧！”总会不经意地打翻心中的五味瓶，瞬时叫人对乡路产生一份依赖感、归属感。漫步于故乡的路上，每每都有一个声音唤醒一种情愫！

故乡的路，条条通向家，处处都是家。家是乡路上的驿站，走累了就进家歇歇，歇够了再继续走走，迎着袅袅的炊烟，踏着轻快的步子，那种“路上有家，家在路上”的感觉真好；家也是乡路的符号，是家让乡路有了语言，是家让乡路变得生动，循着结成队的大红灯笼，穿梭于携手的一街两巷，那种“行在脚下，乐上心头”的体会简直妙不可言！

我生在湖区，长在古镇，自幼便行走在故乡的路上，从走路摔跟头到奔跑自如，从体弱到茁壮，我也是乡路领大的孩子。如今，我们那一代的孩子都长大了，眼下故乡的孩童依然深爱着乡路，我年幼的弟弟便是如此。

漫步于故乡的路上，弟弟领着我，我仿佛成了一个初来乍到的少年，他说很好玩，我就跟过去仔细地瞅瞅，瞅瞅他们这一代又有了什么新花样；他说那边能捉迷藏，我就跑过去藏藏试试，看看那儿是否还能藏得住我这个长大了的男孩……弟弟告诉我，故乡的路是他上学的路、玩耍的路、快乐的路，他说他要沿着故乡的路长大，去实现他那大大的梦想。而我真的不忍心问他：“长大真的就那么好吗？”

人长大了一不小心就走到了离别的码头。故乡的路连着村落连着亲朋，连着情连着爱，不可否认也连着离人的码头！行至码头，总忍不住地蓦然回首，禁不住地将乡路装入怀中，把乡路变成心路，带到他乡的梦中，还能够继续漫步继续追逐……

牌坊街

牌坊街就在我家门口，写来写去，终于写到了眼皮底下的牌坊街。兜兜转转，相伴多年，蓦然回首，确实说来话长。

南阳镇的牌坊街，因古时的杨家牌坊而得名，杨家牌坊则为当年忠孝之臣杨大宁修建。据史料记载，嘉庆年间，杨大宁在京城的刑部任职，为协助皇上降拿巨贪和珅，曾三年不回家，直到结案之后才奏请皇上回家探母。皇上十分感动，于是赏赐白银等，并下圣旨建忠孝牌坊。

据说，当年的杨家牌坊高 20 余米，均由上等的大青石修砌而成，雕龙刻凤的四根石柱鼎立，形成三个门，中间的一个门即为街面。杨家牌坊也曾毁于一旦，众说纷纭，不免叫人扼腕叹息。尽管牌坊已逝，但街却留了下来，街上的故事仍旧不急不慢地积攒着、酝酿着、复述着。儿时，听说牌坊街上出孝子，儿女都争相学习杨大宁……时光荏苒，犹记我走过牌坊街的每一步，犹记那人那事。

牌坊街是一条较窄的街，虽不甚长，但中途还有几个弯。街面的石板也几经更换，从方块到长条，再到混搭，走过路过，脚下自有一番妙趣。街两侧都有人家，多为斜对面，既有门面房也有住房，既有土坯房也有砖瓦房。近些年，南阳镇的人口外流较多，牌坊街上的人烟变得稀少，而乡音在这小街上却变得格外的淳厚。

从头说起，牌坊街的街口是梁大爷夫妇住的地方。一到夏天，梁大爷和老伴就在此处搭葡萄架，他的那株葡萄顺势而长，大串小串挂满枝头，招来了四面八方的飞鸟，迎来了左顾右盼的孩童。大爷还经常煮田螺卖，在街口放个圆桌，摆上几个小碟，碟中有数十个田螺，五毛钱一份……那年头，谁家的孩子不惦记这个地方？

梁大爷家斜对过曾是“马氏西医”的诊所，印象中的马大夫慈眉善目、说话温和、待人热情。我小时候，诊所里还在用玻璃制的注射器，一个针头大得吓人，给人注射完还要用酒精棉球消消毒。曾经吃过的药，我想大都出自马大夫之手。当年，一不听话就会被大人吓唬，说要带我去打针，说实话，我倒不怎么害怕，这大概缘于马大夫的和蔼可亲吧。

诊所往里的一小段路上住着好几户人家，有王家、秦家、李家、单家，家家一处院，户户几棵树。过去，家里的老人多，慈祥的老人都习惯坐在自家的台阶上乘凉或晒暖，碰见熟人就会老远地招呼：“到家里坐坐吧，喝口水再走。”

往前走就到了杨家的二层小楼。杨大爷喜欢坐在路边戴着老花镜修补网箔，一针一线地绕来绕去，从不会乱，也不嫌烦，即便中途打个盹儿。那大娘喜欢洗刷晾晒，一赶上大晴天就忙着拾掇，洗衣服、晾被子、晒庄稼，总是忙个不停。

再往前走几步，就到了孙家，孙家做的豆腐豆皮可是响当当的，此外还卖原味或加糖的豆浆。那几年，天刚蒙蒙亮，就能听到孙家的媳妇骑着三轮车吆喝，“豆腐——豆腐——”，公鸡的啼鸣也会随之而来，时常听不了几声吆喝，新鲜的豆腐豆皮就被四邻八家买得一干二净。那几年，白菜炖豆腐，加上几块肥肉，可香着哩！

走到孙家，便到了“大学校”的后门，也是我上初中的地方，我偶尔也从这里入校。“大学校”与大学无关，其前身是历经沧桑的“新河神庙”，曾为赫赫有名的“微山七中”(高中学府），后来变成了“南阳镇第一中学”。牌坊街至此，已经接近尾声，再往前，就是通往“南店子”的铁桥了。

走一趟牌坊街，也就十多分钟的样子，而这脑海却要翻腾上许久，竟是那些陈年旧事，竟是情不自禁。我还记得，过去家里养了一只京巴狗，后来它相中了一个“如意郎君”，便经常往牌坊街跑，祖父有时就差我去追，追来追去，还是成全了它。不可否认，短短的一条牌坊街，它有了感情，我也有了感情，不为风景独好，只为情趣相投。

如今，每每回乡，我还会走一走知根知底的牌坊街，但确实走不回青葱岁月，走不回初始记忆了。

小地方

尽管我们的镇不大，但有趣的地方还着实不少。我生在南阳，长在古镇，没去过的“小地方”肯定还有，但对去过的那些仍旧念念不忘，更何况有些有意思的地方就在我家附近。

“双火巷”离我家最近，相距不足百米。双火巷由两条巷子组成，一个南北向，另一个东西向，彼此成“丁”字状，南阳人都习惯称之为“火巷”。听老话讲，过去的火巷人多嘴杂，说什么的都有，还时常成为“是非之地”，这与火巷的地理位置有很大关系。双火巷面临两条街，且都是南阳镇的商业街，街上商铺林立，多半的生意人都习惯了明争暗斗，因为利益起点小摩擦是很正常的事情，由此可见，火巷有点“火气”也就不足为奇了。

说到双火巷，它可是我们那一代孩子的玩乐之处。虽说巷子不深，但“藏处”可不少，旮旮旯旯我们都藏过躲过，尤其是在那些黑灯瞎火的晚上。火巷里曾经住着几户人家，但时常都是闭门锁户，因此我们在火巷里疯起来都无忧无虑无拘无束的，巷子里的回声嘹亮，奇闻逸事也不少，时隔多年，依然叫人留恋不已。

离我家不远的还有一个俗称“高台子”的地方，顾名思义，高台子因“高”而得名，而此高非彼高，绝非高耸那般。我曾一头雾水地听了好几年的“高台子”，儿时的我曾一直很好奇，也一直想解开对高台子的谜，还曾一度老想着攀爬南阳镇的这一“高”。直到有一次，我得了急性肠炎，家人领我去高台子就医，

"马氏中医"也由此走进了我的记忆。两副中药下肚，急性肠炎便从此销声匿迹了。

其实，高台子并不算高，面朝运河岸，只是有几个高台阶，拾级而上，便是"马氏中医"的中药铺。马氏中医是中医世家，医术很高，名声很响，更有"神医"的赞誉，据说已有几百年的历史了，求医者遍布全国各地。我记得，中药铺的老先生常常戴着一副老花镜，对望闻问切之术拿捏得炉火纯青，三言两语便能令人心服口服。时过境迁，马氏中医从高台子上搬了下来，而高台子还保持着原来的样貌，成了不少游客的驻足地，德高望重的它确实值得人们去仰慕！

顺着我家旁边的牌坊街一直往南走，就走到了"南店子"。南店子距离我家有二里多路，由于位置较为偏僻，其住户多为渔民或跑船人。南店子的景色很特别，面朝大湖背靠田地，湖中波光潋滟，田间蔬果飘香。尽管我们很少跑到南店子玩耍，但仅有的几次前往还是给人留下了深刻的印象。

记得干湖那年的秋天，不少镇上的人家都到南店子拾柴火。那年干旱少雨，湖里的水一耗再耗，几乎到了干涸的地步，那时很多人家都还在烧地锅做饭。南店子的湖边有很多苇子地，没有了湖水就更容易被收割，都说近水楼台先得月，成片的苇子老早地就被周边的"行家"给割完了，别处的住户只有拾的份。那年，我曾先后两次跟着家人到南店子去拾人家割剩下的苇子，苇子地里的蚊虫着实不少，虽未曾帮上大忙，但被咬的疙瘩却不少，那一个个疙瘩也成了消不下去的记忆。

关于南店子，我还有一段不堪回首的记忆。记得我上三四年级的时候，济宁市里的表哥来家乡玩，其间我带着表哥到南店子采荷花摘莲蓬。当路过一片沼泽地时，我们发现了荷的身影，缺少湖区生活经验的我直接喊着表哥奔荷而去，可没走几步我俩便陷到了淤泥中，谁知越挣扎陷得越深，最终都弄了一身泥巴，不欢而散……

南阳古镇还有许多这样的“小地方”，虽说不怎么起眼，但总能占据记忆的一大片。常言道，“放长线才能钓大鱼”，时间正是记忆的长线，而今每每都能钓起记忆中最沉最好的东西！

过了土坡是“北堤”

老家南阳镇南北狭长，主岛面积还不到两平方公里。尽管如此，小小的南阳街也曾是我们一代孩童追逐的大世界。严冬时节，百无聊赖，再拾童忆，聊一聊我印象中的南阳“北堤”。

我家所在的位置被惯称为“街里”，而“北堤”等一些较为偏僻的地方自然就成了“街外”。其实，我家距离“北堤”是有相当长的一段路的，单凭走路，需要二十多分钟。若要将这距离缩短一些，那要说我曾就读的“南阳镇中心小学”离“北堤”很近，从学校过了“闸背”的铁桥，再用上一支烟的工夫，就到了。

说起“北堤”，就不得不提“邢庄”，因为两者是挨着的，因为我大姑家就曾住在“邢庄”。“邢庄”，顾名思义，以邢氏人家为主，邢家人团结友善，互帮互助，庄子的氛围十分和谐融洽。儿时，赶上周末，我有时也会溜溜达达地去邢庄，找我老表玩的同时，顺便在大姑家吃上一顿好饭。

过了“咣当咣当”的“闸背”铁桥，就走上了去邢庄的小路，当然也通往“北堤”。小路很是狭窄，顶多也就两米多宽，早些年还是泥巴路，后来铺上了我们“街里”退下来的方石板。踏上这小路，总有一种莫名的幽深感，与那“曲径通幽处”根本不沾边，路上人迹罕至，途中还有两个小代销点，但也门可罗雀。

小路虽小，但有大用，一路连通着几个巷子。那些巷口较窄，甚至有如井口一般，相对简陋，皆为青石堆砌而成，跟前通常都有一个碌碡。透过巷口往里看，红砖青瓦的砖瓦房依次排开，还有个别的土坯房穿插其中。有道是“巷深知酒浓”，而在这路上则是巷深知犬吠、知鸡鸣。走这一路，会听见公鸡打鸣，会听到家犬狂吠，会一惊一乍，会小心翼翼，晚上我是不敢独行于此的。

行至土坡处，常常会伫立许久，我儿时都习惯地称之为“小山”，因为那时还未真正地见过山，听父辈们讲，最近的那座山与我们还隔着一条白马河，站在土坡上就能望得见。何为土坡？无非就是一个小土堆，或是人为垫起来的，或是自然形成的。土坡的一侧就是邢庄，过了土坡就是“北堤”了。

说实话，我常常止步于土坡，一度不知土坡那边的世界到底如何，甚至怕这怕那，毕竟土坡这边有我熟知的大姑家。然而害怕之心终究敌不过好奇之心，有次从大姑家返回时天色尚早，于是便鼓足勇气过了土坡。

过了土坡，果然别有洞天，人家逐水而居，鸭鹅成群结队，樯帆四处飘荡，这里更像是个小渔村。记忆犹新的是那用罾捕捞的男人，是那用针补网的女人，是那用油刷船的老人，是那用泥逗乐的孩童……初入“北堤”，我嗅到了前所未有的鱼腥味和渔家味，那是一种刺激性极大、诱惑力极强的味道。

老家南阳镇自古就是大运河上的有名商埠，在那个水运繁盛的年代，南来北往的人都曾在南阳驻留，更有青睐者选择定居于此。据说，在明清时期，南阳镇的商贸繁荣至极，而“北堤”则位于镇的最北头，四面开阔，商船货船经常在这里停泊靠岸，一些达官贵人也好在此地逗留休整。相传，当年的“北堤”有不少的商铺、酒家和客栈，它们专门招揽五湖四海的旅人。后来，水运日渐凋落，旅人慢慢减少，“北堤”的生意人开始了生活方式的转型，过起了靠水吃水的渔家生活。时光荏苒，薪火相传，

“北堤”上的故事始终延续着，只不过一个土坡拦住了一些追寻的脚步。

时至今日，还有多少人不知“北堤”？迈入新时代，跨于河湖之上的“微山湖特大桥”横空出世，宽阔的高速路修到了南阳镇，而这出入口正好就位于“北堤”。渴望追逐美好生活的南阳人奔上了高速，纷纷迈过土坡，迈进崭新的天地；渴望探寻南阳古镇的旅游人开上高速，纷纷迈过土坡，迈进古老的水乡。

过了土坡是“北堤”，“北堤”也确实藏得深一些。

戏台子

“拉大锯，扯大锯，姥姥家，唱大戏。接闺女，请女婿，就是不让宝贝去……”儿时经常与小伙伴们哼唱这首童谣，唱着唱着就长成了大小伙儿。再当念起熟知的字句时，童心未泯，而且总会禁不住地想起老家的戏台子。

如今，在家东头约一里路的地方，重新修建了“乾隆别院”，乾隆别院的后面就有一个大戏台子，这也是南阳古镇当前的一大景点。据说，乾隆帝南阳镇寻父时，在镇东头的渔民村里住过一段时间。乾隆帝开明仁义，颇爱子民，与周边的百姓相谈甚欢，在体察民情之余，还大搞君民同欢的娱乐项目，唱戏看戏就是其一。

相传，乾隆帝当年专门从京城带来一个名声赫赫的戏班，戏班里扮演的生旦净末丑都是出类拔萃的名角。听说是京城来的戏班，南阳人高兴得不得了，忙前跑后地找地方、搭戏台，把后勤保障工作做得尽善尽美。第一晚开场唱戏，镇上敲锣打鼓，男女老幼口口相传，拖家带口地结伴前往。乾隆帝提前差人准备好茶水和糖果，来者皆有份，大家其乐融融，像是过年一样。名角开唱，群众在曼妙的琴声与戏腔中摇头晃脑，如痴如醉，很多人都不知他们在与一代帝王同场看戏。

其间，乾隆帝得知当时的南阳镇也有一个戏班，紧接着就差人去请。相较于京城的戏班，那镇上的就是业余队伍。尽管如此，乾隆帝还是执意要把人请来，而且好茶好烟地伺候着，于是夜晚就有了你方唱罢我登场的热闹场面……乾隆帝看到百姓们心满意足的样子大悦，随行的官员纷纷感叹道："和合之景，乃大同也！"

乾隆帝等人走后，淳朴好客的南阳人念念不舍，将帝王所到之处、所用之具都封存起来，不准别人靠近，声称处处都有"皇恩"，当初临时搭建的戏台子就被原原本本地保留了下来。至于后来，戏台子等遭到破坏损毁，以至不复存在。

改革开放以后，文化下乡也逐渐进入南阳镇。我小时候，还曾跟着祖母看过戏，当时都是从市里、县里来的戏班子，在镇上的大礼堂演出。那时候的大礼堂有个简单到不能再简单的舞台，它却充当了我们多年的戏台子。我记忆深刻的两出戏就是《铡美案》和《对花枪》，戏中的陈世美与罗艺都是负心汉，可结局却不甚一样，陈世美宁死不改，罗艺回心转意。不得不说，那些年，南阳古镇上的文化生活相当有限，能够现场看上一出戏那就是一种美好的享受。在似懂非懂的年纪里，我喜欢看演员们上台下台，他们台上穿龙袍，台下换布衣，台上是难辨眉目的大花脸，台下是眉清目秀的小脸蛋，我还曾以为他们都有异于常人的魔法。现在想想，当年的戏台子也承载了我的好奇与渴望，说到底，戏里戏外都是人生啊！

随着南阳古镇的旅游大开发，戏台子又重新建了起来，尽管规模有限，但是古风古韵古色古貌，很好地还原了历史，还原了那一段段为人称道的民间佳话。听说，现在的戏台子也隔三岔五地奉上一出戏，剧种丰富，备受青睐。一些上了年纪的老人不辞路远，带着孙子孙女步履蹒跚地赶到"乾隆别院"，其实他们不单单是来看戏的，也是来给子孙后代们传颂那些历久弥新的历史故事的。

向日葵

老家南阳镇以水为名，以荷为荣。每逢春夏之交，上百亩荷花便竞相开放，在古镇的河湖之上争奇斗艳。今年夏天，在荷的一路簇拥下回乡，临近岸头，却意外发现了一片生机盎然的向日葵，着实令人惊喜不已。

回到家中，久久按捺不住初见向日葵的喜悦之情，于是顶着骄阳向它们奔去。沿着家门口的牌坊街溜溜达达，时而伴着狗吠，时而听到鸡鸣，熟悉的乡音在狭长的青石板路上回荡，回荡着这些年的期盼与希望。走过老南阳一中的后门时，向日葵的身影便依稀映入眼帘，挺拔的茎，丰茂的叶，笑容可掬，热忱可感。走到向日葵的跟前，一阵清凉的湖风正好赶到，鲜艳的花瓣迎风致意，豆大的汗珠随风消逝。

向日葵还有葵花、向阳花、朝阳花、望天葵等别名，甚至还被称为“转日莲”，这让爱莲宠荷的南阳人颇感亲切。向日葵是桔梗目、菊科、向日葵属的植物，为一年生草本，因花序随太阳转动而得名。向日葵的茎直立，高 1—3.5 米，最高可达 9 米，其茎呈圆形且多棱角，被白色粗硬毛。向日葵的叶片为广卵形，通常互生，先端锐突或渐尖，有基出 3 脉，边缘具粗锯齿，两面粗糙，被毛，有长柄。向日葵的头状花序直径为 10—30 厘米，单生于茎顶或枝端。其总苞片多层，叶质，覆瓦状排列，被长硬毛，夏季开花，花序边缘生中性的黄色舌状花，不结实。花序中部为两性管状花，棕色或紫色，能结实。

有道是，“面朝大海，春暖花开”，而面朝我们广袤的南阳湖，更有向日葵的尽情绽放。一时间，只觉得后背灼热汗珠直冒，而那向日葵却显得格外欢愉。一个个笔直坚挺的腰杆，一张张精神抖擞的脸蛋，一份份饱满炙热的情感，全都悄然诉说着从前，激励着当下，无不令人感慨万千。

说实话，前些年的南阳镇交通不便、缺乏企业，群众的生活水平整体不高，镇上绝大部分的生力军都在外谋生，冷冷清清的日子曾轻描淡写了古镇许多个春夏秋冬。不过，也有一些河生湖长的南阳人如同乡荷一样，始终坚定不移地扎根于水域广阔的古镇，从捕鱼到船运，从开店做生意到居家织网箔，勤劳质朴的南阳人一直在不遗余力地寻找着生活的出路，但凡有机会便会全力以赴，只要有希望就会盛开绽放。

众所周知，旅游业是名副其实的朝阳产业，在新时代的艳阳下愈发的生龙活虎。近几年，南阳镇依托千年古镇的历史及人文资源，赶上旅游大开发大繁荣的好时候。在古镇旅游的刺激带动下，兢兢业业的南阳人成功捕捉到了光芒，就像那随太阳转动的向日葵一样，于是老家的餐饮、住宿、服务等行业一跃而起，渔家食宿、特色美食、民俗展示也随之应运而生。不得不说，在向阳生长的日子里，南阳人充满了旺盛的活力和动力；而在向阳而火的生活中，南阳人收获了惊喜与甜蜜。

伫立在岸头，老家的向日葵与荷花交相辉映，一片金灿灿，一片红彤彤，映射着古镇明媚的光景，婆娑着南阳人五彩斑斓的美梦。

夏 天

素有“江北小苏州”美誉的南阳古镇，一年四季，夏天最具魅力。四季交换，游子辗转，人总是会在迷途中想起家乡，总会在这稍显冷淡的夏日里念起古镇。

古镇的夏天是翠绿的。春末夏初，柳树垂丝，一棵棵沿着河岸，一行行绕着村庄。夏来了，风起了，柳绿了，轻盈的柳条托举着渔家的炊烟，摩挲着河面，让人常见炊烟袅袅，常听河水涓涓。仲夏时节，柳条最盛，绿意最浓，彻底将江北水乡唤醒，并依次展开千年古镇的美景图卷。

古镇的夏天是火红的。古人云：“接天莲叶无穷碧，映日荷花别样红。”夏天来临，古镇的百亩荷塘便彻底张开了怀抱，迎接着红日当空，流露着风情万种。初夏的荷粉粉的，一支支在网箔间羞赧地摇曳；盛夏的荷红红的，一片片在河湖中自由地徜徉。古镇的荷带有南阳人的含蓄，红而不烈，灼而不烫，总能叫人惬意地涌入其中，进而酣畅地融进它的火红里。

古镇的夏天是香甜的。南阳古镇不仅有蜿蜒千里的大运河，而且还有烟波浩渺的南阳湖，每逢夏日，古镇便迎来了日进斗金的日子。在昼长夜短的夏日里，南阳湖里热闹非凡，船舱里的莲蓬清香四溢，网箔上的腥味十足，老渔翁的烟草呛鼻……啃一口新长成的芦苇根，吃一把刚出水的菱角米，品一杯才上市的荷叶茶，你便知道古镇的夏天有多香甜了。

说实话，我挺怀念古镇过去的夏天，那时我还是一个稚气未脱的孩子。遥想当年的夏天，吃着两毛钱一根的冰棍，喝着五毛钱一瓶的可乐，穿着三块钱一双的凉鞋，就那样无忧无虑地凉爽，乃至忘乎所以。遥想当年的夏夜，一张躺椅放在岸头上，一把蒲扇摇着慢时光，祖父的烟头在眼前闪亮，祖母的教诲在心头生长……等一阵运河晚风微微吹来，等一段民间故事慢慢展开，而后憨憨地忘情，以至美美地入梦。

其实，我也渐渐喜欢上了古镇现在的夏天。在南阳旅游业的带动下，古镇的人烟也逐渐多了起来，尤其在流光溢彩的夏日。时光荏苒，我已变成游子多年，偶尔回一次古镇就像是慕名而去的游客一般。

蓦然回首，摇桨于南阳湖，乘风赏荷，同鱼逐水，那将是一种何等的妙不可言？蓦然回首，撑伞于青石路，寻古建，嗅古香，那又将是一种怎样的诗情画意？不得不说，如今的夏季被勤劳质朴的南阳人给予了厚望，他们热情迎接着八方来客，努力追逐着全面小康的生活，不断拓展着古镇儿女扎根湖区的前景，这样的夏天怎会不惹人爱呢？

无论复杂多变的人间每天都在经历着什么，该来的总是会来，不早亦不晚，就像是这热气腾腾的夏天。

冬 天

我喜欢冬天的古镇，冬天给古镇制作了最炫的外衣，神奇而待人寻觅。我也喜欢古镇的冬天，古镇给了冬天最浓的诗意，空灵且叫人兴起。

常言道，离水近的地方都有寒冷的冬天，我们的南阳古镇便被河湖包裹。的确，当凛冽的北风吹响古镇的飞檐翘角，蒲苇彻底黄了，野鸭陆续飞了。而后，雪花飘了，冰霜凝了，浩浩荡荡的河水逐渐安静下来。

其实，我尤为喜欢古镇飘雪的日子，那雪在寂静的小巷中纷纷扬扬，在笔直的青石板路上熙熙攘攘，吻着美丽的衣裳，开遍甜蜜的心房。我喜欢摘房檐上的冰柱，那晶莹透亮的冰柱好比一面多棱镜，拿在手里能照出灿烂的春景，慢慢消融，还能勾起美美的憧憬。

我最喜欢的还是老运河上的冰，一层层的冰犹如一圈圈的年轮，我们的童趣都在冰上诞生。儿时的冬天，我和伙伴们都要偷偷地溜到老运河上过一把冰瘾，而运河就在我家后面，可谓是近水楼台先得月！冰层上的人都是长不大的孩子，那时看谁滑得远，比谁摔得响，鼻孔和嘴巴里哈着热气，眼睛中流露着痴迷，那时候摔得再疼也叫爽，那时候摔哭了也笑着伪装，那时候还不会写诗，现在想想，真的错过了大把的诗意时光。

古镇的冬天没有暖气，家家户户都靠点炉子取暖，炉子都多烧些块煤。地上的煤黑黝黝的，黑得发亮；身旁的炉子红红的，红得发光；壶中的水咕嘟咕嘟的，开得欢畅。一家老小的手悬在炉子上面，重重叠叠，大手搭着小手，小手压着大手，偶尔能听几段故事传说，偶尔则被责骂数落一番，那样的冬天的确令人回味啊！过冬的日子，家里都会买好多红薯，祖母经常会在炉子底放上两三个，烤着火，拉着呱，等着好吃的红薯。不得不说，那些年的炉火很旺，红薯很香，全家人都幸福安康。

成年后的日子，我习惯到那飞雪中的码头上转一转，瞅着偌大的雪花覆盖长长的堤岸，等着茫茫的白色捂住心头的离散，寻着隐约的光线闪烁起甜蜜的思念……我也喜欢追随那留守的家燕，看它们飞在北风中寻觅，展翅迎接开春，听它们立在枝头雀跃，欢声浅唱丰年，守家的感觉真的无与伦比，不像一飞出去的人只剩下冰凉的回忆……

冬天的古镇知心，古镇的冬天暖心。

老家大院

2014年，祖父用他老人家大半辈子的积蓄为我在县城买了房子，让在城里摸爬滚打好几年的我扎了根。时过多年，身为水乡的游子还是不习惯城市的包围圈，时常会感觉车轮撵着步伐、烟囱顶着呼吸、楼房锁着生活。每每一个人在偌大的房间里徘徊复徘徊的时候，常常会想起老家，想起老家的大院。

其实，老家的大院并不大，只不过容量挺大，容纳了无数的欢声笑语，也存放着许多的奇闻趣事，当然还囊括了我们一家老小的春夏秋冬。老家的大院背靠古运河，面朝书院路，年年都会春暖花开。

说起老家的大院，就必须要提到我的祖父，因为他老人家是这个大院的缔造者，也是了不起的经营者。从我记事起，祖父就勤于料理大院，他老人家爱干净，凡事都讲究有条有序，院子常被打理得光鲜亮丽。

都说春有春的来意，我家大院则是春的乐园，一盆盆花草在院落里争奇斗艳。祖父一生爱花养花，阳台上、石阶上全都有祖父的爱。春风一起，院子里的花骨朵便开始熙熙攘攘，等到春阳和煦，院子里就出现这花开罢那花开的景象，那一朵朵一簇簇喜欢在大院里谈笑风生。正当院中的花儿窃窃私语的时候，邻里街坊们便接踵而至。“大叔，您这月季开得真好，俺移一枝栽种咋样？”我家斜对门的大娘也是一位爱花人，每逢花期临近就经常来我家串门唠嗑。祖父也热情好客，常常邀请街坊们谈花论花，而且有求必应，可谓是一院花紧密连着好几家！

如果说大院里的花可以熙熙攘攘，那么院里的鸟便能够静静“绽放”。过去，大院的墙角有两个鸟笼子，祖父喜欢养黄鸟，鸟笼里各有一只，它们的叫声经常能让整个大院惬意地摇曳起来。鸟儿啼鸣前都会“绽放”：首先伸伸脖子，那脖间的羽毛会瞬间拢成一朵花，进而变成一个绣球，紧接着，它便舒展起身上丰满的羽毛，那过程犹如成片成片的小花依次绽开，有趣极了。常规操作之后，它会伫立在鸟笼的木架上，滚滚眼珠，亮亮嗓门，于是大院里便响起小合唱。

从老家大院里跑出来的孩子都是幸福的，尽管我的故事不知从何说起，但我可以说说我的弟弟妹妹。妹妹从小就跟着祖父母在院子里浇花，日复一日，如今小妹已经上大学，她也越来越如花一般，漂亮而富有内涵。小弟自幼就围着大院的黄鸟痴迷，他经常随着那精灵的一颦一蹙而活蹦乱跳，一路追随，一路成长，也长成精灵的模样。老家的大院没有任何的遮蔽，阳光温暖，雨露甘甜，只不过那光阴容易一晃而逝。

如今，祖父永远地告别了老家的大院，告别了春秋里的红花，也告别了冬夏时的牵挂。大院里的圆月再也照不到老人的样子，只能去寻找曾经遗留的痕迹，只能去追当年生活的无与伦比……

蓦然回首，老家的大院还在那里，我的童年、少年、青年还在那里，都在那里交织交错，在那里沉积融合，而那人那事那情都在大院里酿成了甜美的花蜜，一年浓于一年，年年都召唤人去饮、去品、去忆……

院中“花山”

写起“花山”，眼睛里实在是噙不住一滴滴思念的泪水……祖父的溘然长逝让“花山”骤然成了后代人心中最弥足珍贵的收藏。“花山”凝聚着老人生前的故事，也凝结了老人太多的情感！如今的“花山”更像是一块镌刻着老人品性的活化石，上面的一点一滴都诠释着老人对于生活的热爱与痴狂，每一处独具匠心的设计或构造都蕴藏着老人对于艺术的执着与追求！

提到花山，就不得不说到忙碌了一辈子的祖父。祖父生于抗战时期，政局的动荡与生活的艰辛陪伴着祖父的成长，也练就了一个坚忍顽强、勤俭持家的祖父。奋斗了大半辈子的祖父终于在花甲之年才得以安享晚年的幸福时光。花鸟是祖父平时的最大喜好，这也成了他老人家晚年生活里的重要部分。花鸟不仅愉悦了老人的晚年生活，而且也为“花山”的构想和制作提供了灵感与积淀。

“花山”并非顾名思义的栽满花的小山，之所以取名“花山”是因为小山上有让人眼花缭乱的饰品和景致。花山的主体全部由炉渣与水泥粘制而成，由此也体现出祖父变废为宝的理念，难怪会有许多前来观赏的游客对着花山啧啧称奇，拍案叫绝！有许多观赏者都由衷地感慨道，“见过金山玉山，还真没有见过用炉渣砌成的山呢！”由于祖父晚年时患上了半身不遂，因此“花山”的制作是在祖母的协助下完成的，多数情况下都是祖父说祖母做。“花山”的设计与制作前前后后共经历了大约六七年的时间，这也充分说明了二老为之所付出的心血。

“花山”上的饰品和景观可以说是五花八门、琳琅满目，可称得上是物华天宝、人杰地灵！“花山”上既有色彩缤纷的花草，又有各式各样的亭台；不仅有名声赫赫的人物，而且也有形态迥异的动物模型。一件件饰品摆放得恰到好处，一处处景观打造得妙趣横生！

南阳古镇是荷的天堂，“花山”上就有一片荷田布景，别有一番情趣！微山是铁道游击队的故乡，通过观赏“花山”你就能领略到当年那爬飞车打游击的壮怀一幕，一下子沐浴在红色经典之中！李杜诗篇万口传，在“花山”的顶端，仔细的你一定能够找到那个昂首挺胸朝天长吟的诗仙李白，顿时会略带酒意，并随之诗兴大发！《西游记》是一个经典，也是一个传奇，在“花山”最醒目的位置，你一定能找到师徒四人西去取经的完美定格，霎时间仿佛神游天地！此外，“花山”上还有飞禽走兽的盘踞卧藏，有玉宇琼楼的小巧别致，有花草瓜果的点缀萦绕……一个小小的“花山”绝对是会让好奇的你目不暇接，赞不绝口！

“花山”的独树一帜不仅在于它的物华天宝，而且更得益于其打造时的细致入微与精益求精。“花山”上大多的饰品都是家中孩子玩剩下的玩具，老人很少让我们专门为他买饰品，这点也体现了老人一向勤俭持家的优良作风。作为一个“花山”制作的见证者，我亲眼看见老人们所为之倾注的点点滴滴……在那段还未离开家的日子里，我时常见祖父为了粘制一块小的炉渣反复研究，甚至不断尝试，常常要花上大半天的时间才能粘好其中的一角。急性子的祖父有时会因祖母粘得不合自己的意而朝祖母发火，经常让祖母手忙脚乱、不知所措。祖母偶尔也会因此而跟祖父生气，但有求于人的祖父消火后还是会拿着烟或是端着茶去哄祖母，央求着祖母继续粘制下去……二老在“花山”上花费了许许多多的汗水与心血，像拉扯一个孩子一样，同时二老也为之付出了巨大的感情……“花山”的风采无限源于老人们昔日所投入的情和爱，花山的韵味无穷则来自老人们曾经的费尽心思与精益求精！

今日的“花山”已成为南阳古镇上一道绚丽的风景，它时时接纳着前来观光的人驻足、欣赏、留念！今日的“花山”也成为一座蕴藏故事的宝山，它的每一角每一处都常常会勾起人的回忆、思念！今日的花山不仅是艺术的结晶，而且更是人生的写照！

永和商店

南阳古镇上有一家名字响当当的店铺，名叫“古镇永和商店”，它位于南阳镇书院路的中段，前方有胡记钱庄、康熙御膳房等景点，后面则有新河神庙、状元胡同等遗址，倘若你来古镇旅游，十有八九要走书院路，也必定会经过古镇永和商店。于我而言，古镇永和商店不仅是老家的一个符号，而且也是内心的一份骄傲，因为这是我家经营的。

生意人颇讲究“和气生财”，而“永和”则是从祖辈到父辈沿用下来的经商之道。我家三代人在镇上经商，前前后后也有百余年的历史，并一直享有很高的口碑，如今的店铺由我的叔父和婶子经营。

过去听家里人讲，我的曾祖父最先在古镇上经营布匹生意，当时处在旧社会，时局动荡，生活相对混乱，生意自然就很难做。南阳镇四面环水，交通相当不便的地理位置，和旱涝无常的气候，都给曾祖父外出进货造成了一定困扰。那时候外出进货，要么靠肩挑担子跑旱路，要么靠摇桨撑船走水路，其艰难程度可想而知。听老人们讲当时社会上人员混杂，被抢被盗的事情时有发生，因此做点生意整天都提心吊胆，恨不得天天烧香拜佛。曾祖父的经营算是为一家老小在南阳镇上扎下了根，这也应是古镇永和商店的前身了。

我从小就与祖父母相依为命，自从我记事起，祖父就是古镇永和商店的店主，且是一位威望极高的“老江湖”，要知道，我的祖父先后在南阳供销社、鲁桥供销社工作多年，在十里八乡都是一位出了名的“生意精”。祖父退休后又在古镇上做起了生意，不可否认，是他老人家让“古镇永和商店”的名声大振的。

1997 年，我在古镇上小学时，南阳人还主要以捕鱼养殖和船运为生，那时的祖父主要经营烟酒糖茶和日用百货。我记得店里当时有好多盛放茶叶的瓶瓶罐罐，还有几个储藏红糖与白糖的大缸，那时店里最好的香烟是五元一盒的“石林”，最常卖的酒是“鱼台米酒”。后来祖父又开始糊灯笼卖玩具，我家糊的小红灯笼备受那一代孩童的喜爱，也曾在古镇上风靡一时，甚至有不少同行纷纷效仿。那时候，逢年过节祖父都要摆“芝麻摊”，就相当于现在的地摊，镇上的大礼堂前就曾有我家的摊位，摊上多以五花八门琳琅满目的物件招揽人……不得不说，祖父做生意确实有自己的一套，他曾让店里的生意一年红过一年，古镇永和商店也因此备受乡亲的青睐。

近几年，随着古镇旅游业的兴起，叔父和婶子又经营起了当地特产的生意，过去的生意人盼年盼节，如今则是盼假期，每每假期来临，一波接一波的游客便慕名而来。古镇的咸鸭蛋、烤鸭蛋个头大，品相好，流油可口；南阳湖里的芡实、菱角米、莲子颗粒饱满，纯色纯香，绝对是熬粥食材的首选；异军突起的荷叶茶品质上乘，口感极佳，融入了湖区最自然最浓郁的味道。游古镇，品美食，咸鸭蛋配大烧饼也是非常不错的选择，若是再来上一杯爽口的荷叶茶，那可谓是尝到南阳古镇的特色快餐了。

如今的古镇永和商店不仅是游客常来常往的购物地，而且还成了不少游客中途歇脚的驿站，时常能见到游人在这里吃鸭蛋、品清茶，寻味古镇那些鲜为人知的奇人异事。也有游客在这里戴上一顶草帽，撑起一把油纸伞，伴着艳阳高照，踏着青石板路，继续探寻“江北小苏州”的诗情画意……而今，与其说古镇永和商店是一家历久弥新的店铺，倒不如说是一个广交朋友的场所，这里既汇聚了天南地北的特色方言，又融合了五湖四海的欢声笑语。

古镇永和商店，永远以和为贵，以和为美，但又和而不同，始终在商业大潮中保持着自己的特点和品性！

一家老店便是一壶老酒，店里有底蕴，酒中有醇香，古镇永和商店的过去耐人寻味，其明天则待人探访……

暑假工

提起暑假，就会不由得想起之前的暑假生活，除了想方设法地“玩”，就是千方百计地“疯”，至于看书学习则是被逼无奈的事情，于是我稀里糊涂地告别了一个又一个看似漫长的暑假。时光荏苒，时过境迁，如今的我只能隔着一寸光阴与暑假相见。

前不久，我回了一趟老家南阳镇。正值暑期，古镇的旅游又一下子火热了起来，四面八方的游客如蜂蝶一般纷至沓来，给南阳带来了无限生机与活力，也为古镇生活注入了新的甜蜜。

叔父家在古镇上做生意，目前家里主要经营当地特产和纪念品，每逢节假日家里就很忙。小妹大学的第一个暑假就是在家帮忙照看生意，“零零后”的小妹也已经长成了大姑娘，站在摊位前也不再腼腆拘谨。每每有游客从摊前经过，小妹便会热情高涨地吆喝两句，“雪糕冰棍矿泉水，降温解渴还美味”，看着小妹的积极主动，瞅着游客的驻足回头，一股佩服小妹的情愫便油然而生。

“这里就是康熙御膳房，当年康熙来南阳镇微服私访时，就是在这里吃了一顿满汉全席，席上有136道菜，可以说道道都是精品，而且独具风味。当时满人与汉人同桌而不同席，满人吃满人的口味，汉人品汉人的佳肴，席间满汉两族相处得非常和谐融洽，康熙看后十分高兴，当场赐名‘和合居饭庄’，‘和合’就意为今天的和谐社会之意……”耳熟能详的解说词并没有吸引我，因为康熙御膳房就在我家旁边，但这解说的嗓音却打动了我，那声音不仅洪亮清晰，而且还带着青春的朝气和生命力。我禁不住地走出店门，小妹也跟了出来。“她是我的初中同学，今年也上大一。”小妹悄悄地告诉我。“是，我曾在咱家见过她来找你。”我脱口而出，那熟悉的模样瞬间占据了眼帘。

“这是南阳镇上最小的一座庙宇，叫作‘泰山行宫’，也叫‘两山夹一庙’。在此你们可能要问了，四面环水的南阳古镇哪里有山呀？其实，这个小庙原本夹在两个屋山之间，后来因房屋拆迁，它就处在了现在的位置上。每逢农历的初一或十五，周围的邻居都会前来烧香祈福，祈祷风调雨顺国泰民安……”“泰山行宫”在我家的另一侧，陪伴了一代又一代的南阳人，我津津有味地听着导游的讲解，听着年纪轻轻的南阳姑娘向五湖四海的朋友讲述古镇的历史，那一刻我被一种复杂的情感触动，其中既有身为古镇之子的幸福与骄傲，又有对于南阳莘莘学子的钦佩和歆羡。

在老家的那两天正赶上高温天气，那位可亲可爱的导游姑娘来来回回地从我家经过好几次，熟悉的声音，熟悉的背影，不太熟悉的是她那被骄阳映红的脸庞。常听人说，年轻的姑娘都以白为美，回头想想，那被骄阳映红的脸庞才是青春的自然色，也是勤劳的古镇儿女身上的一种底色。在那富有磁性声音的讲解中，我似乎找到源自古镇的一种强音，也仿佛听到发自生命的一种强音，那强音将我一回回地唤醒，也把我一次次地触动。

回到县城后，我再次陷入思考……究竟什么才是青春最美的印记？是生活中的衣食无忧，还是成长中的不懈奋斗？究竟什么才是人生最大的意义？是竭尽所能地获取物质财富，还是乐此不疲地寻觅精神食粮？

导游新面孔，那青春靓丽的面孔着实给我的心理带来了一次不大不小的冲击；古镇暑假工，那胜任工作的样子着实让我对自己的过去与现在有了一番不深不浅的思索。古镇之行，遇见的不仅是那些新朋友，当然还会有曾经的自己。

湖区品味

故乡的味道

有一种味道，让人忘不了，又戒不掉，那便是故乡的味道。

乘一艘回乡的船，故乡的味道老远就扑面而来。一阵阵鱼腥味在微风中变得新鲜、变得温润，湖区的孩子闻惯了鱼腥味，也爱上了这别致的水乡味道。一股股荷香跟着初夏的风悄悄袭来，荷香清而不浓，纯而不杂，在还望不到荷花的地方，但凡嗅到那淡淡的荷香就能联想到芙蓉的娇美，就会不由得情窦初开，就会禁不住地在大湖之中寻寻觅觅……

走上故乡的青石板路，故乡的古香萦绕身旁，那古香是一种说不清道不明的味道。一间老屋散发着黄泥与秸秆交融的味道，一块老砖老瓦延续着砂灰历久弥新的气息，我喜欢嗅着古香去追溯历史，去追故乡的前世，就像去寻每个星座背后的故事一样。有时，我会故意蹭一抹老屋的泥，抑或砖瓦的灰，因为我已成了一位游子，我要把老家的古色古香带到他乡。

望着故乡的袅袅炊烟，渔家的饭香便开始在大街小巷上游荡。一缕缕炊烟如同记忆的丝线，想要飘走却又故意逗留，一股股饭香唤醒了憨憨的童年，也唤回了懵懂的少年……我喜欢那地锅鱼的味道，喜欢锅饼沾上鱼汤的味道，那是一种令人垂涎欲滴的味道；我喜欢那锅灰下烤地瓜的味道，喜欢地瓜甜甜的味道，那是一种掉进蜜罐里的味道。时光飞逝，故乡的炊烟逐渐被无色无味的天然气代替，但有炊烟的地方还是会有曾经的饭香，还是会有不言而喻的甜蜜……

倚着河岸的杨柳蓦然回首，乡音入心是一种耐人寻味的味道。在曾经熟悉的地方，如果能被熟悉的人叫出熟悉的乳名，那将是一件多么幸运多么美好的事情啊！乡音不改是一种游子的情结，乳名不变则是一种故乡的印记，一种乡音便是一种味道，一种溶解了悲欢离合的味道。每每回乡，我都要往那熟悉的人堆里面凑一凑，因为我渴望听到乡音，渴望那种乡音入心的味道！

故乡的味道，南阳人的骄傲；故乡的味道，谁尝谁便知道。

买不到的味道

俗话说，“有钱就不愁吃喝”，但有钱却不一定能够买到想吃的味道。

一个下午，我在跑步的途中发现了一家餐饮店，上面挂着“黄焖鸡米饭”的招牌，看到“米饭”二字，我的思绪突然被扯住了。只身在县城工作生活的这几年，自己做饭也一切从简，吃得最多的就是馒头，但不得不说我是一个喜欢吃米饭的人。黄焖鸡米饭的味道如何我真的不知道，但那米饭的模样令我想起了家的味道。

如果时光可以倒流，如果还可以让我回到孩提时代，那么我真的想好好地重新来过。我从小就跟着祖父母生活，他们最清楚我喜欢吃什么，那时家里生活条件很不错，尤其在吃上，祖父母都最大限度地满足我这个吃货。祖父知道我喜欢吃米饭，于是就让祖母经常焖米饭，祖父常说的一句话就是，“大米饭，肉浇头，吃得嘴头都是油！”当时祖母都用老家的地锅焖米饭，用家里的蜂窝煤炖菜。要说祖母焖的米饭，那绝对是很有讲究的，焖得干湿恰到好处，米香自然而然地溢出，令嗅到的人垂涎欲滴。至于这肉浇头，那就更有学问了，选用的食材一般是五花肉，这肉要炖得透而不烂、肥而不腻，让人吃下一口便想着第二口。不得不说祖母做的“大米饭肉浇头”可是一绝，那些年我真的吃不够。

后来我在老家上了初中，“大米饭肉浇头”成了对我的一种奖赏。上了初中后，我进入叛逆期，生活学习上的一些表现时常令祖父不满意。祖父是一个极其严厉的人，如果犯了错就一定难逃他老人家的严厉批评，甚至是训斥。而当我挨过严厉批评后，他老人家便又会心疼起我来，经常会在批评训斥后对我说一句，“去让你奶奶给你盛米饭吃吧，锅里给你留着肉呢！”听完以后，嘴角不由得会流出口水，挨过的训斥也悄悄地随之淡去了，心头不禁变得美滋滋的。

上了高中，离开老家，只有月休的时间才能回家一次，“大米饭肉浇头”便成了我回家前的必备餐。祖父母算到我月休的日子就会提前准备，买好食材等着我，回到家的前两顿饭必有一顿是“大米饭肉浇头”。每当吃着那香喷喷的米饭，在外求学的孤苦也就烟消云散了，不得不说，那米饭融入我淡淡的乡愁，曾一口口地吃下，又曾一口口地念起……

2013年1月13日，祖父永远离开了我，“大米饭，肉浇头，吃得嘴头都是油”再也不会萦绕在我的耳畔了！于是，记忆凝结成一粒一粒的米粒，凝结成最爱的一顿顿米饭……

时光荏苒，时过境迁，看着那触手可及的米饭，却买不到它该有的味道，买不到家的味道，更买不到那被爱的味道！

古镇特色

提笔之前，首先要说我是一个实打实的吃货，而说起我们南阳古镇的美味，我真的有点儿垂涎欲滴。尽管我已成了古镇的游子，但对于那些陪伴了多年的美味依旧念念不忘，今日道来，可谓是如数家珍了。

要说我的最爱，那就应该是老家的地锅鱼了。在家的那些年，祖母还经常用地锅做饭，堂屋外的西北角搭了一间简易的厨房，里面就有一口用泥巴支起来的地锅。现在想想，用地锅做的菜确实更好吃，尤其是炖菜，比如我们南阳人最拿手的炖鱼。地锅鱼不仅鱼炖得好吃，而且汤汁更加浓郁爽口，要是再在锅里贴上几个锅饼，吃起来就更过瘾了。祖母做的地锅鱼颇为好吃，那鱼先在油锅里煎上一番，然后再文火慢炖。每当站在大院中，看着炊烟袅袅，嗅着鱼香阵阵，总是会馋得直咽口水。

古镇上有一种不容错过的美味，那就是咸鸭蛋，对此我也情有独钟。过去常听人说“红心咸鸭蛋最好”，不过后来就被当时闹得沸沸扬扬的“苏丹红事件”给颠覆了。在我看来，古镇的鸭蛋甭管红心与否，都是值得信赖的特产，因为湖里的鸭子都是吃鱼虾长大的，它们下的蛋也自然更有营养、更有口感。我叔家就在古镇上做咸鸭蛋，腌制咸鸭蛋的过程看似简单，但要想腌出别样的味道可不容易。叔家的咸鸭蛋咸淡适中，几乎个个流油，一枚煮熟的咸鸭蛋便是一道特色美食，吃起来不光唇齿留香，而且还回味无穷。

说到了咸鸭蛋，就必须要说“南阳烧饼”，我们这里的烧饼可享有“乾隆御饼”的盛名。都说山东人爱吃“煎饼卷大葱”，如果来我们南阳古镇，我就要推荐一下“烧饼卷鸭蛋”，烧饼与咸鸭蛋可以说是绝配！南阳烧饼外酥里嫩，外有芝麻，里有花椒茴香粉，而且里面的芯一层一层的，不仅有嚼头，而且口味十足。曾有友人这样对我说，“南阳快餐不一般，烧饼配上咸鸭蛋，一边吃来一边看，有滋有味还省钱！”仔细想想，真是这样的！

此外，古镇上还有一种我深爱的特产，那便是我们地地道道的“南阳麻板”。老实说，我平时不爱吃甜食，但是麻板除外。南阳麻板类似于一些地方的芝麻酥、花生酥等食品，其原料也以芝麻、花生为主，但其制作的工艺可是一个秘密，它为何如此好吃呢？一块块麻板扁平细长，厚薄均匀，入口即香，嚼着第一块便想着第二块，其间的趣味只可意会。而今，每每回古镇探望，我都要买上几包麻板带回县城，将麻板分给城里亲朋品尝的同时，也不忘自己留上两包，以解嘴馋。

近几年，古镇上的“荷叶茶”异军突起，很快有了自己响当当的品牌，有了名副其实的口碑。古镇被荷簇拥，以荷为名，盛产荷叶茶也是理所当然的。荷叶茶清热解暑、降压利尿，而且还能减脂瘦身，被不少减肥中的朋友青睐。我虽不是喝茶的行家，但绝对是茶的粉丝，每每到了炎炎夏日，我都会喝上一段时间的荷叶茶，那口感的确不错，家乡味，自然香。

古镇的美味还有很多，个个都极具湖区的特色，都蕴藏着悠久的历史与灿烂的文化，待人去寻，等人来品……不过，在此说得越多，嘴就越馋，还是少说为宜吧！

乾隆御饼

来到南阳古镇，不吃我们的南阳烧饼那绝对是一种遗憾，南阳烧饼又名“乾隆御饼”，如今已经成了名副其实的古镇特产。

无论是镇上的王记、张记，还是过去的李记，他们做的烧饼都是响当当的，南阳人称之为“打烧饼”，尽管做法略有不同，但烧饼的形状与口感区别不大，可谓不分伯仲、各有千秋，不仅酥香可口而且回味无穷。

做烧饼，和面是根本，几时和面、几时用都很有讲究，烧饼匠宁可少卖一些也不会糊弄人，更不会亲手砸自己的招牌；其次就是做的过程，由一坨再平常不过的面团变成好吃的烧饼，其间的功夫可深着哩，换句话说就是需要有体力，我曾多次见到烧饼匠们揉面、搓面、擀面，一通操作下来可不轻松，一块烧饼有皮有芯，有芝麻有椒盐，层层叠叠、反反复复，无不叫人感叹“功夫下得深，铁杵磨成针”；最后就是烤制，一个铁皮炉一年四季暖烘烘的，烤制全凭烧饼匠的一双手，过火则糊，火候不到就嫩，千锤百炼的那双手早已把火候拿捏得妥妥当当，这样烤出来的烧饼怎能不好吃呢？由此可见，好吃的南阳烧饼绝对是有匠心的。

提及南阳烧饼的匠心，这可不是一时半会注入的，说来话长。相传，乾隆当年来南阳镇寻父时，曾带人马到一家馆子吃饭。由于舟车劳顿，大家伙都饥肠辘辘，把饭菜吃光了还觉得不尽兴。见此情形，馆子里的老板急中生智，跑到隔壁的烧饼铺拿了几块烧饼过来，乾隆帝等人都没吃过这样的饼，嗅到酥香后，众人大悦，吃起来啧啧称奇，纷纷夸赞此饼非同一般，口感极佳，风味十足。回京之前，乾隆帝专门差人到烧饼铺买了数十块饼，并详细讨教了制饼方法，当时还令烧饼匠惊讶不已。在得知是乾隆帝等人后，烧饼匠全家老小朝着京城的方向跪拜，以示谢恩，“乾隆御饼”也由此而来。

祖父生前也爱吃南阳烧饼，常吃李家打的烧饼，那时我还在老家读书，他老人家经常让我去李家买烧饼。祖父颇为喜欢吃加厚的烧饼，觉得像“壮馍”那样有嚼头，而且越嚼越香，因此就得给烧饼匠特别说一声，一来二去，烧饼匠一见到我就明白了，有时还会来上一句，“又来买加厚版的啦！”

我与南阳烧饼的感情也很深，要说最深处莫过于上初中的那三年。那时总有一帮孩子上学不喜欢吃早点，偏偏要等到课间大休息时吃烧饼卷辣条，我就是其中的一个。记得，当年只要一听到上午课间的大休息铃声，我们哥几个就会如脱缰野马一般地往校门口跑，烧饼匠的媳妇会提前来到校门口，通过铁门的缝隙把一块块卷着辣条的烧饼递到我们手中。五毛钱的烧饼卷上一毛钱的辣条，叫人爱不释手，于是狼吞虎咽地吃起来，别提有多带劲了！时光荏苒，美味依然，古镇上始终都有一帮孩子钟爱着烧饼卷辣条的组合，如今这组合再配上南阳咸鸭蛋，更被他们当成了“古镇汉堡”。

随着古镇旅游业的欣欣向荣，越来越多的游客开始走进南阳，了解古镇，品尝美味。旅游旺季，各个烧饼铺的门前都排满了游客，嘴里嚼着、手头拿着、包中装着，以致南阳烧饼供不应求。吃一路、聊一路、回味一路，游客常说“刚出炉的热烧饼怎么吃都好吃”，甚至还有游客编出了“好吃不贵，痴心绝对”的顺口溜。

这一口南阳烧饼确实香得很，既有自然的酥香，也有历史的沉香，当然还少不了人文风情里的芬芳！

花生米

前不久，小妹从老家捎来一些花生米，在馈赠亲朋的同时，我自己也留下两袋。老家的花生米包装简单，口味却很独特，让人越嚼越带劲，越品越有味道。

祖父生前也十分喜欢吃花生米，尤其在喝酒的时候。祖父的酒量并不大，隔三岔五地喝一两盅，顶多三两白酒。老人家的下酒菜离不开辣椒，要么配炒肉丝，要么配炒鸡蛋，若是家里没有辣椒，那就不用菜了，买上一袋花生米就能下酒。那几年，我还是个未成年的孩子，祖父经常差我到街口买吴家的“五香花生米”，当时五毛钱一小袋，一袋花生米差不多能装满一个裤兜。

祖父会将花生米倒在八仙桌上，抿一口酒，用手捏一个花生米，搓去皮后放入嘴中，进而听到“咯嘣咯嘣”的声响。几口酒下肚，老人家的脸色就愈加红润起来，端酒盅的频次在减少，嚼花生米的时间在延长，嚼得深情，嚼得尽情，让人看着都香。祖父每次都会抓给我一小把，着实叫人唇齿留香，他老人家经常说，“五香，关键在于用心咂摸”。

上了小学，每次上学放学都路过街口，时不时就能碰到炒花生米的吴大叔。当时的那口大锅令年幼的我们惊叹不已，一双粗壮有力的臂膀拿着小铁锨在锅里来回地翻炒，一粒粒花生米时而被沙土掩藏，时而又露出头来，“哗哗啦啦”的声响不绝于耳，带着一种欢快的节奏。后来得知，花生米在炒之前还要经过盐水浸泡，盐水里藏着吴大叔的秘制配方，不乏花椒茴香等调味品，据说还有鸡汤。没等我小学毕业，吴大叔就离开南阳古镇，去外地发展了，我想单单凭借他的这门手艺，到哪都不会愁生活。

曾听说镇上有个好酒之人，大家都喊他“酒猫子”。那人一天三顿不离酒，顿顿喝酒都上头，妻儿相继离他而去，刚过不惑之年就流落街头，即便如此，他也没有离开酒，经常攥着酒瓶子到处溜达，我曾见过他一两次。那人身上的酒气都能把人熏醉，他醉了就随处一倒，倒在哪里，哪里就会冒出几粒花生米，淘气的孩童看见了，就会跑到跟前捡起来，放在手心里吹一吹便塞进嘴里。乡亲们曾说：“酒猫子养活了两家人，一家卖酒的，一家炒花生米的。”

步入社会后，我也接触了酒。酒既能助兴，又能消愁，偶尔叫人禁不住来上两杯。每次与朋友小酌，十有八九都会点上一盘花生米，或是糖醋花生米，或是油炸花生米，酒与花生米似乎成了标配。说实话，在外吃了那么多花生米，都没有吃出那种“咯嘣咯嘣”的感觉，往往嚼不到期待的“香”味人便醉了，外面的花生米终归是太“生”了。

如今，南阳古镇上仍有两位炒花生米的老师傅，他们坚持着老做法，传承着老工艺，延续着老味道，让那不起眼的花生米也逐渐成了老家独具风味的特产，有人买去尝鲜，也有人买来怀旧。老家的花生米，袋袋封存着许多乡情，粒粒蕴藏着若干日月，闻起来浓香扑鼻，嚼起来余韵绕心。

煎 包

不得不说，南阳古镇的美食可不少，要是从早点说起，那我就要夸一夸老家的“煎包”。众所周知，煎包很常见，但不一定都好吃，有的甚至根本就名不符实。上次回乡，知道我爱吃老家煎包的祖母，趁我还没起床就跑到集市上买了许多。老家的煎包馅满、皮软、底子酥，冒着热气，很容易叫人吃出浓浓的乡情，吃出那离家前的味道。

在家上学时，我经常到家门口的桥头买煎包，刘家的煎包做得好，往往供不应求，需要排队买。在等待的间歇中，我偶尔会把目光投向那忙得不亦乐乎的刘二叔夫妇。二叔偏瘦，络腮胡，二婶微胖，圆脸蛋，他们每天都凌晨两三点钟起床准备家伙什、出摊子，几乎风雨无阻，即便如此，还是跟不上买早点人的需求。

先说这包子馅，其实并不是事先全部调好的，而是现包现调。煎包摊上有三四个搪瓷盆，盆里满满当当地装着馅子，通常都是肉馅与素馅。与家里包包子不同，盆里的馅子并不是都搅和在一起的，而是肉是肉、菜是菜，葱是葱、姜是姜，用到的时候就拿小勺一拌即可，我想这样更利于馅子的保鲜。前几年，以“纸箱馅”冒充肉馅的新闻报道，让很多人都不敢吃肉馅的包子了，但在南阳古镇却不存在这种弄虚作假的事情，南阳人凭良心做买卖，肉价贵就少放一些，肉价便宜便多放一点，南阳古镇的肉馅煎包还是相当好吃的，最起码这馅子调得颇为地道，饱含纯正的湖区味。

再说这包包子，在供不应求的情况下，包好包子可要靠功夫，没有金刚钻就不能揽瓷器活。二婶一般负责擀皮，常年擀皮的她，手脖子明显比其他女性的粗，但有时擀皮的速度还是跟不上二叔包的速度。每当看到二婶跟不上趟时，二叔就会使出自己的绝招，用手一按，面团便成了皮，简单方便，轻易不漏一手。二叔包包子那绝对是高手，一手拿皮，一手抹馅，两手一抖，包子就成型了，这功夫可深着哩，不是一般人能够模仿得了的。二叔包的包子不破皮、不露馅，不仅如此，而且还包住了南阳人的厚道和实在。

最后说一说这煎制的过程，可谓是包子华丽转身的重要一步，好吃歹吃也都在此一举。煎包子的炉子是由一块铁皮特制的圆筒炉，最开始是烧柴火的，后为方便清洁改成了烧蜂窝煤。炉子上有一口平底锅，锅浅面大，锅身油光光的，能照人影，一锅通常能出五六十个煎包，二叔的那套家伙什起码用了得有二十多年了，用他的话说就是，“家伙什用顺手了就成了老伙计”。每次煎制之前，二叔都要用干净的丝瓜瓤子清扫一遍锅，紧接着在锅里倒点油，多少全凭经验，随后将包子码在锅里，这对二叔来说简直就是信手拈来，一码码一圈，要知道他平日就是个做事力求圆满的人。包子入锅后就静候其变，这也都在二叔的掌控之中。其间要往锅里加一次面水，还能听到二叔说的几句俏皮，逗得买包子的人哈哈大笑。半支烟的工夫，煎包就出锅了，二叔拿铲子将它们铲起来，只见那包子调皮般地在锅里打滚，滚得浑身亮堂堂的，叫人一看就禁不住垂涎三尺。

最难忘的还是小时候随祖父母赶早集时，在镇上的大礼堂前面喝粥吃煎包。早些年，大礼堂前面的煎包摊子很受乡人们青睐，那家卖粥的店铺也有很好的声誉，可谓是相得益彰。当时的煎包摊子上也是夫妻档，朴实的男人围着一条白色围裙，坐在凳子上负责包制的各个环节，他轻易不起身；勤劳的女人肩头搭着一条干净的毛巾，负责烧锅和卖包子，忙前跑后还不忘用毛巾擦一把脸。每每路过此地，常能见到那热气腾腾的煎包，而且还伴着那热气腾腾的吆喝，“热煎包，刚出锅的热煎包……”儿时在大礼堂前吃早点，经常能碰到同样赶早集贩鲜鱼的渔民，他们早早地将打来的鱼换成了现钱，来煎包摊吃上美美的一顿，把这当作一种自我奖赏。

人云亦云，据说康熙当年来南阳古镇微服私访时，就曾品尝过这里的素馅煎包，盛赞韭菜鸡蛋馅的煎包叫人唇齿留香回味悠长，因此不少南阳人都偏爱韭菜鸡蛋馅的煎包。一代帝王都夸赞的美食能不被人追捧吗？

时光荏苒，南阳古镇的煎包还延续着老传统老做法，南阳人常以荷叶为纸袋，一张荷叶能包裹五六块钱的煎包，倘若你来古镇品尝，千万别错过了这一缕荷香！

杂草丸子

老家的酥菜丸子炸得金灿灿的，外焦里嫩，酥香可口，尤其是年节前后的过油菜，那绝对吃得满嘴流油。要说这杂草丸子，我还真没怎么吃过，上次回老家，邻家的大哥给了我一把杂草丸子，嚼得“咯嘣咯嘣”，回味良多，一时兴起，便想要一探究竟。

龙峰大哥家在俺家斜对门，他年长我很多，但由于辈分关系，我都称呼他“大哥”。大哥在镇上也不是个一般人，确实有几把刷子，前些年能写会画，后来经商卖货，而今跟随古镇旅游的东风开起了饭店。大哥为人热情，待人厚道，爱说爱笑，可谓是街坊邻里的“开心果”，以至在旁人眼中都是“干啥啥行，弄啥啥中”的。说起掌勺，大哥也绝对是一把好手，眼疾手快，左右开弓，大菜小菜都整得有模有样。

夏季回乡，正好赶上老家南阳镇的旅游旺季，大哥饭店的生意格外火爆。门口放一小板凳，旁边立一招牌，红纸黑字写着“古镇特产杂草丸子”。一小箩筐刚出锅的杂草丸子色泽鲜艳，酥香四溢，引得游客驻足，游客在啧啧称奇之余争相购买。

凑巧，我跑到了大哥家，大哥正在院落里洗“杂草”。翠绿的水草在偌大的盆里铺展开来，随那流动的水上下起伏，像极了一个个舞水袖的舞者。只见大哥弓着腰，一双手在盆里来回地倒腾，一遍遍地漂洗水草，水草在他白胖的手中变得更绿更亮更可爱。杂草是我们大运河、南阳湖中的水生植物，年年生，月月长，平衡着大河大湖的生态环境。二十世纪六七十年代，南阳镇也曾有过忍饥挨饿的年月，不少南阳人都撑船到河湖里捞杂草吃。这杂草掺和点白面或麸子，做成窝窝头，既能当菜又能当饭，由此南阳人顶过了那段食不果腹的日子。

一通操作，水草便上了案板。“啪啪啪”“刷刷刷”“沙沙沙”，水草等馅子就准备好了，几经调和，味道一下子就上来了。起锅烧油，混合的馅子被捏成了一个个圆溜溜的丸子，在油锅里打上几个滚，便被笊篱打捞出锅。出锅的杂草丸子，热气腾腾，香气浓浓，与那普通的酥菜丸子似乎相同，但又似有不同。

相传，乾隆住南阳时，在古镇夜市上尝到了杂草丸子，入口就感觉味道不一般，于是便问出摊的老者，“这丸子用的什么佐料？”老者当时还不知是乾隆帝，顺口答了一句“杂草”。乾隆帝不解，进而询问：“杂草为何种草？”老者直起身来，打量了一番乾隆帝，心知他不是个小人物，于是毕恭毕敬地解释道：“杂草乃大运河里的水草，杂而生，杂而长，故名杂草。”乾隆帝听后大悦，连连夸赞道：“水中灵草，南阳佳肴！”

这杂草丸子的口味确实非同寻常，里面尽是河湖之味，尽是日月沉香。

大席菜

提起大席菜，就禁不住地咂摸嘴，进而直咽口水，因为太喜欢吃了，尤其回锅以后，味道便更香了。

要说这大席菜，还要数老家南阳的香，从小到大，可没少跟着家人吃大席。回想起那些憨吃楞喝的日子，不觉感叹，真是身在福中不知福呀！老家的大席，热闹非凡，其乐融融。

老家摆大席，首先要搭棚、支锅，组建好后厨。竹竿一撑，雨布一拉，四角扎好，简易的棚子就搭好了，主要用来防雨防雪；泥巴一活，砖头一垒，严丝合缝，一个个大炉大灶就支好了，不仅实用而且高效。大棚里，锅碗瓢勺样样俱全，蔬菜一捆捆，鸡鸭一盆盆；案板上，师傅们常常忙个不停，剥大葱切姜蒜，剁鸡块片鱼片；炉灶上，大厨们秀着各种绝技，小火清炒，大火慢炖。这炉这灶通常要做上三五天的饭菜，关系近的人可以跟着吃上好几顿，远一点的则只去吃个正席，而正席也就是我们所谓的大席，最为丰盛且有排面的一顿饭。

对一个吃货而言，肯定要讲吃法攻略。吃大席，那必然就是简单粗暴的三部曲，即等、抢、折。前两步都好理解，在此要说一说“折”，这是我们苏鲁一带吃席的方言，就是打包的意思，将吃剩下的大席菜打包回家再吃。该说不说，折菜似乎已经成了农村吃席的文化，必备环节，见怪不怪。

先说这“等”。老家的大席通常都是十二道菜，四凉、四热、四大件，当然也有大户人家的十六道菜，六凉六热四大件。桌子一摆，筷子一放，上过烟酒纸巾，就准备开席了。为何要等？有道是“心急吃不了热豆腐”，而在大席上心急，就无缘那些好菜、硬菜了。席上都是先上凉菜，调猪肝、拌牛肉、油炸花生，的确不错，小尝怡情，开胃即可，留着肚子还得装热菜、大件呢。

再说这“抢”，想想也是挺丢人的，但在乡村大伙也都习以为常。究竟抢什么？一般都是抢大席上的大件，我们称之为“件子”。老家的大席通常有四个大件，肘子、扒鸡、鲤鱼、老鳖。大件一上桌，众人就开抓，你掰个鸡腿，我扯块肘皮，鳖鱼汤汁来几口……这好像才是真正的吃大席。大席上，为何不愿意同熟人坐一桌？还不是不想束手束脚、影响发挥。吃大席的高潮莫过于你抢我抢，抢来抢去，吃得油光满面、酒足饭饱，你说素质不高也好，你论吃相难看也罢，反正挺热闹，也很和谐。

最后说这“折”，折就是打扫“战场”。吃来喝去，心满意足，桌上一片狼藉，于是乎，大兜小袋便出现了。大兜扯开，鱼肉“嘟喽”一声便倒进去了，小袋撑开，花生“哗哗啦啦”地就装满了，大人拎着，小孩揣着，一前一后，忽左忽右，这席吃得多有滋有味！

可别说，这大席菜回锅后更好吃。甭管是鱼是肉，也甭管凉菜热菜，尽管放在一起，一起加热，一起咕嘟，那味道就更上一层楼了。回锅的大席菜，鱼有肉味，菜留酒香，一碗回锅菜五花八门、琳琅满目，吃佳肴品美味，我想也不过如此吧！吃这回锅的大席菜，你若再独自斟上两杯，品品味，念念旧，绝对过瘾！

大席菜，回锅香，一切都在岁月里，一切也尽在不言中！

桃　酥

记得，有次我在超市里买了一袋包装好的桃酥，是那种小块的，类似于小桶状饼干。当晚，当我拿出这袋桃酥与朋友分享时，不由自主地顺口说了一句：“我以前可没少跟我爷爷一起吃桃酥，一直都非常喜欢这个味道……”这不经意间的一句话便将我带入回忆当中。

时过境迁，物是人非，但我依旧清楚地记得那一口桃酥的味道，它是那样的香甜诱人，又是那般的酥脆可口。我的老家南阳镇上有一家“孔记”桃酥小作坊，据说已经有两三百年的历史，在我们镇上乃至周边地区都颇具名气！老家的桃酥成饼状，有巴掌一般的大小，焦黄焦黄的皮好似向日葵那憨态可掬的小脸，皮上面沾满了大的小的黑的白的芝麻粒，着实招人喜欢！祖父十分喜欢吃桃酥，他老人家的房间里时常挂着一两斤孔记桃酥，我偶尔会“偷”一块吃，也由此慢慢爱上了桃酥的味道。

记得上了初中，我就开始迷恋看NBA和打篮球，而祖父在相当长的一段时间里都极力反对我的这俩爱好，担心影响我的学习，祖父因此没少生我的气。然而，这一切又都跟桃酥有什么关系呢？

初中时的每个周末基本上都是我为篮球疯狂的时间，而祖父当时想方设法地阻止我的这种“疯”，想让我多学习，甚至有时会责骂我几句，气过了头就拿拐棍呵斥我一番……而那时候我就是那么的叛逆，偷着也要跑出去和伙伴们打篮球，后来祖父以

“不给饭吃”的方式来惩罚我。那时候也真是不顾一切，饭不给吃我就不吃，祖父气得脸煞白我也不管，我就是坚持要打我爱的篮球……时常从中午就开始打球，一直到夜幕完全封住了投篮视线才肯罢休，每每都是过足了球瘾才想着回家。

记忆犹新的是那一次打完球回家，到家时祖父母已经关上房门“休息”了，我悄悄地推开门，在饥饿与害怕的挣扎中挪动到自己的床边，极不情愿地爬上床，连鞋子都是带着怨气摔到一边的。篮球似乎只是精神上的食粮，丝毫不管饿得直打鼓的肚子，腹中的蛔虫也都急得七上八下了……

“熊孩子回来了！”我看似小心翼翼的动作还是被听觉敏锐的祖父察觉了。祖父隔着屋（我老家的住所将一间大房子隔成了三小间，我住西头，祖父母住东头，中间是我们的堂屋）便开始责骂我。这种责骂里显然没有太多的严厉，而是有种祖父所特有的温柔。然而我却屏住自己呼气的动静，故意装作听不见。“这个熊孩子，可别让他偷我东西吃，我得去看看……”祖父给祖母念叨着，这绝对是故意的，其实外面哪有什么东西可偷。而后就听见祖父拄着拐棍步履蹒跚地从他的屋里走到堂屋，然后往沙发上一坐，打火机“啪啦”一响……“这熊孩子，喊也不吭声了是吧？”隔着我屋的帘子隐约可以看到祖父的烟头在微微晃动。“你哑巴啦？”祖父扯着嗓子，那种火气仿佛就跟那烟头一样红。我执拗地一声不吭，即便心里已经有点儿害怕了。“我得看看去，我的宝贝孙子可不能有个三长两短！”祖父的语气变得舒缓许多，随之就听到他起身与拐棍触地的声音……祖父走到我屋的帘子前，用拐棍撩起帘子，我立刻“扑腾”地爬了起来，生怕挨了拐棍的打……“兔崽子！装憨卖傻！出来！”祖父的严厉一下子迸发了出来。“噢！”我心惊胆战地答应着，顿时没有了一丁点儿的脾气……

我穿好衣物，随祖父到堂屋。“都几点了才回来，打球管饱不？”我无言以对，只能任由发落地听着。“饿不？”“饿！”这两句对答用时绝对超不过两秒钟，因为那不争气的肚子很早就成了缴械投降的俘虏。“他奶奶，把我屋里的桃酥拿出来给他吃……”祖父喊着屋内的祖母，脸上的慈祥也一下子流露了出来。祖母拿出三四块桃酥，而祖父却担心我吃不饱，干脆又让祖母把整斤的桃酥都拿给我，最后还不忘给我倒杯水，“吃吧，吃饱喝足了明天好有力气再接着疯！”

那时的我总是狼吞虎咽地把那么多桃酥快速地吃个精光，还真的没有仔细地品味过，只知道很香很香，至于到底香在哪儿却说不上来。

时光荏苒，光阴如梭，那一口口桃酥，一口口香甜，至今都令人怀念留恋……人长大了，也懂事了许多，当再吃起桃酥时，知道了细细地品味，品出了许多美好，同时也品出了许多愧疚……

其实，祖父何尝不是像那桃酥一样，外表看似很坚硬，而内心却是很酥脆、很芬芳！

老家葡萄

那晚，在商场看到了新上市的葡萄，绿色的柄，紫色的果，着实诱人得很，于是花钱买了一串。回到家后，用水稍微冲洗了两遍，就迫不及待地吃起来，谁料刚吃第一个就被酸到了，且酸出了那些难舍难分的记忆。

从我记事起，家里就有一棵葡萄树，在楼梯旁，且扎根于一小块极其有限的土壤里，可见其生命的顽强。灰褐色的葡萄茎从根上发出来，分成两条，不粗也不细，犹如少年的手脖子一般。两条茎相互交织缠绕，拧成麻花状，攀着楼梯而上。之后，茎上又生出许多油绿的枝条，长长短短，曲曲直直，朝周遭伸展，向高处攀爬。祖父母看葡萄树的劲头十足，就用粗细不一的竹篙为其搭起了架子，让葡萄树如鱼得水。随后的日子里，葡萄树几乎一天一个模样，藤蔓窜得欢，须子盘得紧，叶片张得大……就像当年身体羸弱的我，在祖父母的悉心照料下一天天茁壮起来。

在一个初夏时节，葡萄树上惊现了一串串果实，这可让祖父母高兴得不得了，就像自家的孩子有了出息一般。记得，祖父一有空就到葡萄树下转转看看，老人家时常戴着老花镜，红光满面地瞅着它们，还会从四处给它们找来肥料。最初的葡萄粒很小，而且非常青涩，根本就不怎么起眼，而祖父母却将它们视作掌上明珠。谁料，一场风雨后，青涩的果实完成了美丽的转身，丰满了，红润了，诱人了，一颗颗圆润光滑，一串串紧致饱满。也是在那一年，我在不被别人看好的情况下背上了书包，跌跌撞撞地迈入了小学的校门，让花甲之年的祖父母欣喜不已。

后来的几年，葡萄树都无比给力，岁岁枝繁叶茂，年年硕果累累，让我们一家老小享受到了从未有过的甜蜜。每到葡萄成熟的日子，祖母就会隔三岔五地拿着剪刀站在楼梯上剪葡萄，每剪一串，佝偻的腰身会瞬间直挺，道道的皱纹会神奇地弥合。老家的葡萄十分甘甜，又大又圆，我习惯连皮带肉地一起嚼，里面的种子都不吐。不得不说，那几年读小学的我还算争气，尽管手脚不甚灵便，但学习成绩较为突出，数学成绩还名列前茅。

再后来，家乡遭遇了洪灾，家里的葡萄树突然一蹶不振，枝条乱作一团，叶子蔫蔫巴巴，一副病恹恹的样子，且久治不愈。祖父母多次曾向街坊邻居寻求医树的办法，但都不管用，眼看着引以为豪的葡萄树就要倒下。再逢夏日，葡萄树还是打不起来精神，果实更是少得可怜，屈指可数。可气的是，仅有的几串葡萄还经常遭到飞鸟的侵袭，等不到成熟就被可恶的鸟给啄破了，其间祖父想了好多驱赶鸟的办法，但都无济于事。最后，祖父一气之下砍掉了整棵葡萄树，那一年，院子里变得空落落的。也是在那一年，我正在读初中三年级，身处叛逆期的我很不叫人省心，眼高手低，异想天开，眼看着就要考不上高中。初中辍学后能干什么？况且我还并不身强体健，祖父母为此犯了愁，忍心砍掉了不争气的葡萄树，更加殚精竭虑地照顾我。

考上了高中，祖父母如释重负，我第一次离家去异乡读高中时，二老泪眼婆娑，当时的祖父已经患上了半身不遂。读高中二年级时，听祖母说家里的葡萄树又从原来的根部发出了新芽，长势不亚于当年，只是已入耄耋之年的祖父母再也无力为其搭架子了。我高中毕业那年，新生的葡萄枝条沿着锈迹斑斑的楼梯重新伸展开来，却丝毫难掩旧时光，更掩不住物是人非的悲伤。

参加工作之后，我很少回老家，就这样老家的葡萄树一点点淡出了我的视野，以至没了任何消息。祖父去世那一年，老家

的葡萄树彻底消失了，没留下任何影子抑或痕迹，像从未来过那样。

老家的葡萄，再当想起，忍不住泪流，这泪滴就如同当年挂在葡萄上的露珠啊！

老家锅饼

提起锅饼，口水就禁不住流了下来；提起锅饼，就立马想到了老家南阳镇。老家锅饼，总是别有一番滋味，咸淡适中，香甜可口，总叫人吃在肚里，念在心头。

老家的干粮大致分两种，发面的馒头和死面的锅饼。发面通常要用到酵母粉，面和好后需要先放置一段时间，俗称“醒一醒”，醒罢才能蒸出蓬松柔软的馒头。而死面则无须用酵母粉，现和现用，虽说做出的面食稍显死板生硬，但是很劲道，也挺有嚼劲，锅饼就是这样的美味。

过去，老家有一口烧柴火的地锅，平日里炊烟袅袅。如今回味一番，不禁感叹，地锅做出的饭菜就是好吃，简直无与伦比。祖母每每用地锅炖菜都会贴几个锅饼，她老人家称之为“糊锅饼”，看似省事，其实也很要功夫哩。

儿时，我经常看祖母做饭，她老人家忙前跑后，一手操办，比如用地锅做饭，祖母既要烧锅又要掌勺，其间还要添水加料，着实不甚容易。每当锅里的菜炖得差不多的时候，祖母就会拿面盆和一些面，她老人家那双布满褶皱的手要在面盆里搋上好一会儿。和好面的祖母总要直起腰缓一缓，鬓角的银丝勾住游走的岁月。待到锅里的菜炖得“咕噜咕噜”响的时候，祖母便掀开锅盖，随之会发出“滋啦”一声，这也是开饭的提示音。祖母从面盆里揪出一个个拳头大小的面团，双手来回拍打几下，团变成了饼，而后依次贴在锅沿上。再次盖上锅盖，小火慢炖，数分钟后，香喷喷的美食就出锅了。

说实话，吃祖母贴的锅饼，有没有菜无所谓。那锅饼一半在锅沿上结了锅巴，另一半在菜汤里入了味，一半让人越嚼越爽，另一半叫人越品越香，这还需要菜吗？当年的我还是个十足的吃货，每当看到祖母端着锅饼朝饭桌走来，我都会迫不及待地迎上去，火急火燎地嘴里搁，吸溜吸溜地吃个不停……祖父见状便会说我，“跟没吃过东西似的，慢慢吃，管够，管饱！”祖母偶尔还会把芹菜叶掺进锅饼，其味道就不用多说了。

要说我的最爱，那还要数鱼锅里的锅饼。老家的河湖产鱼，一年四季都有吃不完的鱼，对我来说，这绝对是莫大的幸事。那几年，家里隔三岔五就炖鱼吃，鱼锅里的锅饼更是美味中的美味。每当听到柴火噼里啪啦的声响，嗅到阵阵扑鼻的鱼香，就知道距离好吃的鱼锅饼出锅不远了。但凡贴鱼锅饼，祖母都不着急出锅，熄了锅底的火后，还要等一等，俗称“靠一靠”，就是让鱼汤的鲜美进一步渗入锅饼，那味道绝对只可意会不可言传。祖父常常会就着鱼锅饼喝上两盅酒，且不会再跟我说“慢慢吃，管够，管饱”了！

时光荏苒，兜兜转转，在外多年的我也四处吃了不少的鱼锅饼，名字可以这样叫，但味道可不敢恭维。并非出自鱼锅的饼都叫作“鱼锅饼”，不少都名不符实，要么太干涩，要么太油腻，况且有的仅仅是个噱头。或许是我的要求太高了吧，我通常在外面只吃鱼不吃饼，因为我怕不由自主地比较，害怕在比较中黯然神伤。

前不久，我在大姑家吃了一顿锅饼，那锅饼恰有几分祖母做的味道，以至于吃得我两眼噙泪。要知道，在老家贪吃锅饼的那几年正好是我淘气叛逆的几年，正好是身在福中不知福的几年……时光易逝，美好难买，太多的往事都在锅里入了味，太多的情愫都在锅沿上结成了锅巴，早知现在，又何必当初呢？

锅饼出自锅，但好吃的锅饼一定是沾满了苦辣与酸甜，且固化了复杂的情和爱，就像老家锅饼那样。

老家鱼卤鸡蛋饼

前几天，我到济宁市里走亲戚，二姑忙活了一下午，做了一大桌子的美食。尽管我这个娘家侄子每年都常来常往，但二姑一家人总把我视为“贵宾”来招待，他们嘴上说全是一些家常便饭，可实际上都是最好吃最费工夫的饭菜。

晚饭，我与姑父、表哥小酌两杯，不觉聊起人在当下的近况以及老家南阳镇的陈年旧事。酒罢，二姑端上来一个小盘子，盘子里有煎制的小黄鱼和几块鸡蛋饼，这显然不是提前准备的待客饭菜，据说是他们午饭时专门剩下的少许，为的是“细水长流”，其好吃程度就可想而知了。由于小盘里并不是新做的饭菜，二姑不好意思叫我品尝，毕竟桌上的美味很多。竟没想到，我会反客为主地夹起一块鸡蛋饼塞进嘴里，迫不及待地品尝起来。

“鱼卤鸡蛋饼！”还未等饼子完全下肚，我就脱口而出，二姑笑着连连点头，老家的味道一下子浓郁起来，挥之不去的记忆又开始在心头萦绕，于是我们接着聊老家那些年的生产生活。

尽管我自幼与老家的祖父母相依为命，但家中的生活并不差，回过头来想想，当年真是身在福中不知福呀。那些年，家里隔三岔五地吃鱼，赶上产鱼的旺季，祖父都会一次性买上好多鱼，吃不完就腌起来。过去，家里有两个瓷质的罐子，专门用来腌鱼，每每都是满满的两罐子。我家腌制的咸鱼偏咸，尤其吃到最后，可以用“齁”这个字来形容，老年人常说“咸了才香”，这的确不可否认。

等到罐子里的咸鱼吃得差不多的时候，腌鱼的汤便显现出来，我们称之为“鱼卤子”，“鱼卤子”常被很多人家一倒了之，但在我家可是不可多得的宝贝，犹如排骨汤、鸡汤之类的“老汤”。鱼卤子上面通常漂着一层白沫子，像是盐的结晶体，又像是一层鱼油，颜色泛红，气味极腥，并不受人待见。

说实话，用鱼卤烙饼也是祖母最拿手的。她老人家会先舀上少许的鱼卤子，兑上一些水，加上适量的面粉，添上两三个鸡蛋，调拌成面糊状。接着，祖母会把葱和辣椒切碎，拌入面糊。然后，起锅烧油，把面糊均匀地浇在锅底，翻上两次，待面糊颜色泛黄、香味飘出即可出锅。我家人口虽不多，但都挺能吃，祖母一忙活就是小半天，烙好的饼往往禁不住人的两三口。

那些年，我们都将鱼卤鸡蛋饼称为“鱼卤糊子”，这饼又薄又软，辣辣的咸咸的，鱼味十足，油香可口。但凡祖母烙了鱼卤鸡蛋饼，就不用再准备菜了，顶多配上两根老家的酱黄瓜，一家老小别提吃得有多过瘾有多带劲了……家住运河边，常伴渔家味，炊烟袅袅，美食多多，如今回想起来真的挺美挺幸福的。

那晚，人在城中，心驻镇上，在二姑家边吃边聊，边品尝边回味，直到很晚，直到面红耳赤，直到眼眶潮热。时隔多年，时过境迁，再吃到这鱼卤鸡蛋饼，除了满心的激动与惊喜，就是说不上来的那阵咸。

老家田螺

盛夏时节回乡，正好赶上家里煮了一锅田螺，一股股浓郁的香气扑面而来，不断挑逗着人的味蕾。起初我并不知道这是一锅田螺，直到禁不住地掀开锅盖后才确认。一个个田螺在汤汁里翻来覆去咕咕噜噜，相视良久，惊喜万分，不觉互道出一句“好久不见”。

之所以好久不见，是因为相识甚早，相伴甚短，相念甚久。想当年，老家运河畔还有我们那一群毛头小子，每逢春夏之交，我和小伙伴都会跑到岸边或船旁扒拉田螺，这些家伙喜欢吸附在运河的各角落，极易被逮到，逮上几个我们就用瓶瓶罐罐养起来。不得不说，田螺挺脏的，经常把清水弄得脏兮兮的，最后在搅浑的水中一蹶不振。刚上中学时，家门口的牌坊街有个卖田螺的小摊，四方桌、搪瓷盆、马扎子，贪吃的小孩一围就是一桌，一人一角一碟，一捏一插一蘸，妙不可言的美味缠住每颗吃心。后来，我们大了，小摊撤了，就此一别，多年都未见过。

田螺的学名叫“中国圆田螺”，在老家被称为“乌鲁牛”，主要分布于我国各淡水湖泊、水库、稻田、池塘及沟渠等地。田螺属于软体动物，外壳是钙质的，较薄，螺旋形。壳外表通常呈黄绿色或黄褐色，颜色因环境而存在差异。壳内面呈灰白色，壳顶略尖，壳底膨大，壳口卵圆形，其边缘完整且有角质。田螺的肉嫩味美，营养丰富，据说有清热止咳及明目等功效，因此备受青睐。

时隔多年，一见如故，老家的田螺着实让人收不住那般嘴馋与吃心。一盘一碗一牙签，盘中有田螺，碗里有香醋，签上有鲜肉，我吃得津津有味，简直就像当年的那个孩童。田螺的壳内分为头、足、胆囊三部分，想要吃到它的肉并不算容易，首先要用牙签挑开它头上的那层片状的“保护盖”，然后插住肉往外拉，拉到胆囊连接处掐断，再把黑黝黝的田螺肉往香醋里一蘸，入口很有嚼劲，越嚼越香，越香越想嚼。看上去挺大的一个田螺，肉却小得可怜，于是叫人一个接着一个地吃，忘乎所以地吃……稍不留意，连同田螺的胆囊一起吃进了嘴里，一番苦味突袭味觉系统，那是贪得无厌的后果，当然也是记忆陈旧的味道。

遥想当年，邻家的二大爷就经常到湖里用网打捞田螺，俗称“拉乌鲁”。他家当时还有一条摇桨的木船，我们都叫“划子”，划子常年停靠于离家不远的南阳湖岸边。我和小伙伴也曾到湖边看二大爷拉乌鲁牛，那时二大娘坐在船内摇桨，二大爷站在船头撒网，一前一后，一朝一夕，老两口的默契被整个大湖看见。每每靠岸，船舱都是满载而归的，哗哗啦啦的田螺传递着老两口的喜悦，并一次次传颂着“靠湖吃湖”的人间佳话。老两口打捞的田螺时常在岸头就被鱼贩子们收购走了，二大娘有时也会留下少量田螺分给邻居们尝鲜。

田螺的壳硬肉软，像极了人的内柔外刚，你若不去深究细品，就真的无法尝到它的真滋真味。人在当下，我们偶尔也是一个田螺，带着愈加坚硬的外壳，吸附在某个围城的墙壁上，抗拒外力，害怕受伤。

回到县城，我把在老家吃田螺的事情讲给朋友听，朋友告诉我城里的爆炒田螺吃起来更方便更解馋，我不由得反问了一句：“那能有俺老家的田螺香吗？”

老家槐花羹

真没想到，时隔多年后又吃到了槐花，且是在饭店的餐桌上，一道蒸槐花的美食色香味俱全，着实叫人收不住口，进而回味良多，想起了小时候，想起了老家的槐花羹。

小时候，我家对门的院子里有一棵槐花树，又粗又壮又挺拔。遥想当年，地处湖区的老家南阳镇缺少娱乐内容，孩子们的童年相对单调，一棵树就能陪伴他们长大。那时，我们几个小伙伴都喜欢到邻家去玩，经常在他家的那棵槐树下做游戏。每逢夏季，槐树就进入花期，树下一片芬芳，我们在这芬芳里都变成了甜蜜自由的小蜜蜂。

曾有两个身手麻利的小伙伴会爬树，上树就如同猴子一般。那棵槐树的底端尤为粗壮，三四个人合抱才能围一圈，因此爬上去绝非一件容易的事情。小伙伴每次爬树都是偷偷摸摸地，生怕被大人们训斥责骂，甚至还会找两个专门放风的。伙伴们上树除了想秀一秀自己的本事，就是摘点槐花吃，要知道那白里泛黄的槐花可香可甜了。那一把槐花，鲜嫩鲜嫩的，香气阵阵扑鼻，常常被小伙伴急不可待地全部按在嘴里，傻乎乎的笑声里也氤氲着甜蜜。那时候，我们不懂槐花，只知道吃，只知道贪得无厌，以致将最美的槐香都给弄丢了。

后来才知道，槐树的全身都是宝贝。槐又名国槐，树型高大，其羽状复叶和刺槐相似，花期在6—7月，果期在8—10月。花为淡黄色，可烹调食用，也可作中药或染料。未开槐花俗称

“槐米”，是一种中药。花期在夏末，和其他树种花期不同，是一种重要的蜜源植物。花和荚果入药，有清凉收敛、止血降压的作用；叶和根皮有清热解毒的作用，可治疗疮毒；木材供建筑用。种仁含淀粉，可供酿酒或作糊料、饲料。皮、枝叶、花蕾、花及种子均可入药。

在那些槐树繁花似锦的日子里，热心的邻居总会摘上一些新鲜的槐花分给街坊们吃，而且会持续相当长的一段时间，老过瘾了。祖母会先把槐花淘洗两遍，接着放进搪瓷盆里勾上面粉、加上鲜鸡蛋，然后用筷子调拌均匀，放在案板上。其间，她老人家会起锅烧油，爆炒葱花出香味，加水适中。水开之后，把调拌好的槐花加入水中，等到开锅，再加入食盐、味精、香油等调料，味道鲜美的槐花羹就做好了。说实话，我家的生活条件还算不错，祖父母尤为疼爱我，家里鸡鱼肉蛋不缺。然而，每当祖母做槐花羹时，家里就不做菜了，一人一碗热腾腾的槐花羹，既当菜又当饭，原汁原味的槐花羹常常叫一大家人吃得不亦乐乎。有时，祖母会蒸槐花给我们吃，就像蒸米饭一样，配上老家的咸菜“辣疙瘩”，也非常地下饭。

老家的槐花羹，饭里飘香，汤中入味，儿时不懂得细品咂摸，只知道好吃的就狠吃一顿。去异乡求学后，吃槐花羹的次数越来越少，再后来，听说邻家的槐树被伐掉了，槐花羹彻底成了若即若离的回忆。步入社会的这些年，偶尔四处走走，碰巧就能看到槐树，遇见槐花，南方的槐香更浓，花期更长，美食也更多。我时常会在槐树下纠结不已，不知如何面对，也不知怎样逃避，只能在那一碗香喷喷的槐花羹里沸腾不止。

老家玫瑰酱

说起老家的“玫瑰酱”，口水就不觉流到了嘴角，随之流出的还有那些记忆，那着实叫一个香甜啊！

我真的不清楚其他地方有没有类似的美味，只知道过去我家年年都做“玫瑰酱”，制作人是我的祖父母，材料为月季花瓣与白砂糖，所用的工艺是用心、用情和用爱，历时由日月来定。

祖父生前爱花，院落里最不缺的就是花花草草，祖父母把花草当成孩子一样来打理。那些年，老家院落里栽种最多的就是月季花，一盆盆、一丛丛、一株株，但凡进入花期便迫不及待地绽放开来，整个院落就此成了月季的花海，馥郁的香气一阵紧接着一阵，充盈着那些幸福甜蜜的好时光。

有一种月季的个头偏小，花瓣显得格外精致丰腴，那绽开的小花就如同小鸟依人的姑娘，不光好看而且耐看，祖父母称之为“玫瑰”，这种月季的花香更为浓郁，浓得让那一只只远道而来的蜂蝶都乐不思蜀，更别说那些赏花的人了。

花从盛开的那一刻就进入凋谢的倒计时，特别是在风雨无常的盛夏时节，更是随时随地都有可能飘零。俗话说，“落红不是无情物，化作春泥更护花”，在老家的大院里，少量的落英也融进了泥土，而大部分都被祖父母悉心收集起来，并派上新的用场。每每见到月季花将要凋谢的时候，祖父或祖母就会提前小心翼翼地取下枝头的花瓣，紧接着用清水简单冲洗一下，然后放进一个玻璃罐当中，加上少许的白砂糖密封好，随之便进入了所谓的“腌制”过程。

之后的日子里，陆续会有新的花瓣进入罐子，它们先后在这里汇合、变幻，以至让生命延续和升华。说也奇怪，总有些即将凋谢的花瓣会在祖父母采摘前默默而顽强地坚守着，即便面对黑夜的狂风骤雨，也会毅然决然地咬紧牙关。我想这便是一种非同寻常的情感，既有祖父母的不忍心不舍得，又有红花的反哺之意，毕竟日久见真情。

在日月的见证下，玻璃罐里的花瓣会悄然发生变化，从鲜红色变成暗红色，从有形到无形，从抱团取暖变成甘于沉寂，从受人关注到无人问津，其间的故事完全始于心，且忠于心。往往是在一个百花落尽的日子，一股股浓浓的香气会强烈地提示一个玻璃罐的存在，且会刹那间理清那些搁置许久的头绪，打开盖子，美好就这样不期而遇了……

那些年，每逢中秋春节，祖母都会用“玫瑰酱”做馅子包包子或炸年糕，偶尔还会以“玫瑰酱”为佐料做她老人家最拿手的糖熘鲤鱼，含有“玫瑰酱”的美食总是被家人乃至亲朋们爱不释手、赞不绝口，幼年的我只顾着憨吃楞喝，竟在甜蜜里忘了品味那一丝丝真情，甚至忘了咂摸那一层层偏爱！

时光荏苒，时过境迁，祖父离开我们已经将近十年，花开了又落，花落了又开，尽管老家已经好多年不做“玫瑰酱”了，但每每想起，总会一下子甜上心头，甚至被齁出眼泪……

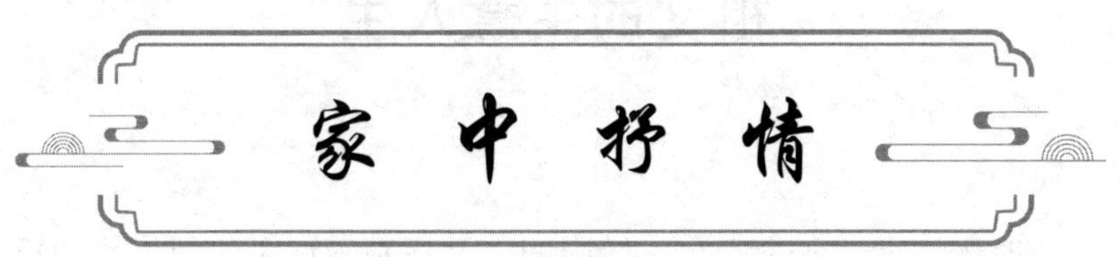

家中抒情

祖父的生意人生

时光飞逝，冬去春至，转眼间，又挥别了许多匆匆忙忙的日子，但始终挥不去那些深情厚谊。蓦然回首，我与祖父已经阔别九年之久，九年的时间里总有太多的记忆，叫人禁不住怀念，禁不住旧事重提！

祖父经商大半辈子，在经营中走出了贫困，也在经营中度过了晚年生活。如今我也开始独自打拼，尽管没有延续祖父的经商之路，但他老人家多年的经商理念却始终在潜移默化地影响着我。与其说祖父兢兢业业地做了大半辈子的生意，倒不如说是他任劳任怨地经营了一辈子的人生！

经商即为祖父眼里的生意，他老人家几十年如一日地经营早已形成了自己所特有的“生意经”，虽说没有落笔成文，但许多的“生意经”都已经刻入了我的大脑！

“生意人一定要起早贪黑，不辞辛劳。”这是祖父生前最常说的一句话。在与他老人家相伴的日子里，我从没见祖父睡过一天的懒觉，即便他老人家到了古稀之年。祖父曾说过，“当今没有独门的买卖，你若不能比别人起早贪黑，就赚不到别人所赚的钱，也就没有竞争优势可言！”祖父出远门进货常常都是当天来回，通常是摸着黑就动身，天黑才赶回家，有时为了赶回来，祖父都不在外面吃饭，直到回家后才吃。

“生意人要做到眼勤、手勤、嘴勤。”过去，祖父经常这样教导初入生意行的叔父。身为一个生意人，商品就像是花花草草，一个疏于打理的生意人是很难招引顾客的！祖父在老家开店时，对商品的摆放、擦拭、更换都十分讲究，看到商品染上了灰尘就要及时地擦拭，见到过期的商品就要及时下架。一家店铺的生意之所以红红火火，多半源于店铺里的“花花草草”拾掇得比别处更艳、更美、更精致！当然，作为一个生意人，“王婆卖瓜，自卖自夸”的功夫可是少不得的！

“生意人要做到眼观六路，耳听八方。”祖父曾告诫我这是一个生意人必须具备的能力。这句话包含两层意思，一方面是生意人要视野开阔，能够在同行间的竞争当中取长补短，只有这样才能在竞争中处于有利的位置；另一方面则是生意人要具备一定的应变能力，尤其是逢年过节的时候，顾客多、人声杂，这时就需要生意人能够看得住自己的商品不少，揽得住自己的顾客不跑，因此就要做到“眼观六路，耳听八方”。

祖父先后在南阳供销社、鲁桥供销社工作了近三十年，获得的荣誉证书和称号数不胜数，退休之后又在老家开店做生意，一直都是我们南阳古镇上德高望重的生意人……祖父的“生意经”里还有许许多多耐人寻味的东西，很多东西相互交织、互补、融合。在养儿育女的二三十年时间里，祖父还先后把姑妈、父亲、叔父领上了从商的道路，而且长年累月地督促他们成长进步……直到2001年，祖父患上了半身不遂，这时他才算是退居二线，把家里的生意交给叔父婶子打理，但仍充当幕后掌舵人。祖父在他的生意路上始终都有追求，始终都有一股用之不竭的劲。

其实，经营生意又何尝不像是经营人生呢？生意中有盈亏，而人生中也有得失。人生何尝不是需要起早贪黑地拼搏的呢？毕竟早点拼搏就能早点收获，多一分坚持便多一分希望；人生何尝不是需要眼勤、手勤、嘴勤呢？毕竟眼勤一点，迷途便少一些，手勤一点，荆棘便少一些，嘴勤一点，落寞便少一些；人生何尝不是需要“眼观六路，耳听八方”呢？毕竟视野开阔一些，方向和目标就更清晰一些，倾听广泛一些，意志和信仰就更坚定一些！

不得不说，祖父的一本“生意经”胜似一部“人生经”，每每细细地读来，都叫人回味无穷，我总能感受到祖父的陪伴与慈爱，感受到生命的温暖，感受到人在征途上的力量！不可否认，经营好一门生意是一笔不小的财富，而经营好一段人生则是一件了不起的本事！

祖父手头的香烟

我跟随祖父生活了十八年之久，在这十八年里我目睹了很多祖父抽烟的瞬间，其实祖父抽了大半辈子的烟。长这么大我还真的不知道香烟是什么味道，但我想祖父肯定是知道的，因为他平生的喜怒哀乐有相当一部分都寄托给了香烟，或许是惬意的、舒坦的，也或许是愁滋味、忧滋味，还或许是复杂的、无法言表的……

都说吸烟有害健康，我想祖父应该早就知道。然而，在我的记忆里，祖父的生活始终都有香烟相伴，甚至是在祖父大病缠身的那段日子里，难道祖父真的离不开烟吗？在翻来覆去的回忆中，我曾试图找到答案。

记得那是 2012 年的除夕夜，我认为这应是祖父最后一次那么惬意那么欣喜地抽烟。除夕的夜晚，小镇上的家家户户都张灯结彩，寒冷的天，温馨的家，烟花爆竹在窗外尽情释放，欢声笑语在房中自由徜徉，那一年就是这样的美好！我清楚记得，直到夜近阑珊的时候，祖父才拖着他半身不遂的身体从叔家的店铺里回到后屋，这时祖母正在后屋忙着包大年初一的素饺子，而我已经着迷于春晚直播。祖父慢悠悠地坐到沙发上，红光满面，慈祥的笑容叫人觉得无比和蔼可亲……我猜准是叔家的生意又卖了“大钱”，因为我知道祖父的笑容多半是源于一个经商大半辈子的生意人发自内心的乐。祖父拿出一支烟，惬意地点燃，夹在两指间，后慢悠悠地放在嘴边，深情地抽了两口……恰巧我叔家年幼

的弟弟也跑来后屋玩耍，“小精灵”缠绕在祖父的身旁，时而嬉皮笑脸，时而又调皮捣蛋，憨态可掬的小家伙着实令祖父乐得合不拢嘴……那一个个袅袅的烟圈自由、悠闲、惬意、幸福……祖父时不时地看看我，又看看祖母，脸上的容光在烟雾中格外红润自然。是啊，那一年是我工作稳定的一年，也是我叔家生意几年中最好的一年，还是全家人平安健康的一年！祖父手头的那支烟燃烧着他除夕夜怎样的心情，一时间我还真的难以准确地揣摩或描写，只知道从那以后的祖父再也没这样抽烟，随之是他得病、重病、挣扎……

祖父在河岸边乘凉时也喜欢抽烟，我不止一次陪伴他在岸边乘凉，以至于那些抽烟的画面也都印在了我的脑海。盛夏的天很热，尽管家里早就有了电扇和空调，但祖父还是习惯在午后去河岸边乘凉。俗话说，“心静自然凉”，我家屋后面就是蜿蜒千里的京杭大运河，一眼望不到尽头的河道令人心胸开阔，波光与天色的交相辉映让人怡然自得，祖父通常是让祖母或我为他搬一个马扎，他扶着祖母的肩膀走到河岸边，坐下前总喜欢先朝河岸的四面八方望一望，而后再坐在马扎上，或与邻家老者闲谈说笑几句，但常常都会点燃一支烟出神地看着远方……河岸的风不大不小，刚好令人感觉熨帖，袅袅的烟雾在风中不成形，每每都在第一时间随风而散，如同那一缕缕迅速闪过脑海的思绪一般。祖父一口一口地抽烟，无比深情，且又无比释怀……他时常在看到水上有归来的船只时把烟给掐灭，将剩余的香烟放到自己的口袋里；时常又会在风平浪静时继续点燃口袋里的那支烟，烟雾舒缓地飘向远方……我虽然很少在河岸边看到祖父徘徊的身影，但却常常可以发现他老人家那颗徘徊的心，犹如河岸上空那四处转弯、四处消散的烟雾一样，尤其在祖父患上半身不遂的那些日子里！

时光荏苒，祖父曾因为我的不听话抽了多少烟？因为我求学、找工作抽了多少烟？又因为我在外面遭人欺负抽了多少烟？蓦然回首，祖父的生气、祖父的担忧、祖父的疼爱、祖父的恨铁不成钢、祖父的望子成龙……或许都夹杂在了那一圈圈的烟雾当中吧！然而，我曾多少次因叛逆在那烟雾中逃避？又曾多少次眼睁睁地看着那若有所思的烟雾消逝？那可都包含着爱啊！不知不觉中，像是有个无形的烟头在灼向我的心头……

而今，尽管还能够见到那袅袅的烟雾，但却再也看不到祖父，看不到祖父手头的香烟。不得不说，而今的烟雾中多了些我的追忆、反刍、愧疚、思索……要知道，祖父手头的香烟燃出了一个个圈，每一个圈都始终守护着我，也守护着那些不容走失的瞬间！

祖父的年关

春的脚步愈来愈近，年的味道越来越浓，心已开始蠢蠢欲动，“回家，回家，回家过年……”

小时候无忧无虑地盼着过年，长大后百感交集地等待过年，步入社会后才知道，聚少离多的日子最让人盼望着过年。时间犹如离了弦的箭，一飞便是数年，不知不觉中祖父已经离开我那么久，然而每当逢年过节，我的心头总是长满记忆，总感觉他老人家从未走远，感觉那时间的箭始终都载着我的怀念！

我的祖父一辈子经商，从供销系统退休后便又在老家做起了生意，我从小就与祖父母相依为命，跟他们的感情胜过普通的祖孙之情。毫无疑问，我的祖父是一家之主，在那些年的春节里他始终都是一位总指挥。印象最深的是他身患脑血栓的那些年月，而那些年月的春节也早都成了我最炙热的记忆……

祖父得病以后，一侧的肢体行动不便，他逐步将生意交给叔叔婶子打理，但每逢年关，他依旧还会充当那个掌舵人的角色。老家南阳的春节从腊月二十五、二十六开始忙碌，祖父在临近年关的日子起得更早，每每常伴黎明的寒星。在寒风刺骨的清晨，祖父便拉着祖母去赶年集。由于祖父的身体不便，祖母就成了他的拐棍，他一手抓着祖母的肩膀，另一只不便的手耷拉在身旁，祖母在前面走，他就在后面跟，快慢一致，节奏高度契合，常被街坊邻居们说笑成“半挂车”。老家的年集也相当拥挤，大人小孩都在三米多宽的巷子里你来我往，偶尔还有来来去去的两轮车、三轮车，这时的祖母就要在前面冲锋陷阵，祖父则在后头稳步跟进，不管怎样，总能看到一对老夫老妻摇摇晃晃地穿梭在密集的人流之中。

祖父非常厉害，他总能在那几天把要买的年货都购置齐全，不仅如此，样样还都物美价廉。每次赶完年集，祖父抽空就会让祖母准备过年的食材，今儿剁馅子，赶明儿酥鱼肉等。临近除夕的那几天，我家的院落里常常是炊烟袅袅香味飘飘，那好闻的香味总会悄悄地挑逗起人的味蕾，也总让人禁不住地去瞅瞅去尝尝……

春节前后是绝大多数人的假期，但对于我家则不然，我家的年货摊子要摆到大年三十的下午，店铺常常要开到大年初一的凌晨时分。到了年三十的下午，我的任务之一便来了，那就是贴春联。祖父会让祖母提前做好糨糊，然后要亲眼看着我把春联裁剪好，依次贴到对应的门上。祖父对贴春联也是严格把关，要求糨糊涂均涂匀，春联贴得要棱角分明光彩照人，贴一次春联往往要用一个多小时。我家的年夜饭相对简单，那就是吃饺子。按照老家的习俗，贴完春联就要吃饺子，而吃饺子之前则要燃放一挂鞭炮，这也就成了我的任务之二。我家吃饺子还不是一大家人围坐在一起吃，要有一两个人端着碗看着店吃，这正是祖父常说的"生意人以生意为重"，我永远都是"幸运者"，每次都能围着桌子吃个够。祖母包的饺子馅多味浓，让人越吃越想吃，而且让人越吃越感觉幸福……

不可否认，我们都会在光阴中走散，好在逢年过节又能如期而遇，嗅着年的味道我又要迫不及待地往家里赶了，因为家是根，家有爱，家始终延续着祖父的年关！

祖父做的牛皮纸书皮

又逢一年开学季，再忆我的学生时代，尤其是那书香浓郁的小学时光。提起书香，就会禁不住地深吸上两口气，吸入书生年华的味道。一晃多年，历久弥新，我的那些书香啊，它们最初都被包裹在了一张张牛皮纸里。

我自幼就跟着祖父母生活，二老含辛茹苦地拉扯我长大，教我做人，供我读书。在我读小学的那些日月里，祖父始终是位严厉的大家长，他老人家严格的要求与管教曾一度令人心生厌倦，但那句“不好好读书就别想以后了”的告诫却如同紧箍咒般套在了我头上。若要念起祖父慈祥的时候，给我包书皮便是其一。

那些年，老家南阳镇还不时兴塑料书皮，大多都是用报纸之类的厚纸张来包书，而我的书可以用稍有档次感的牛皮纸书皮。当时，祖父还在老家做日用百货的生意，经常要进一些中堂字画，这些东西的外包装就是牛皮纸，他老人家总是会把这些牛皮纸先压到枕头下保存起来，以备给我包书用。

每每开学季，都会发很多新课本。崭新的课本上总是散发着一种好闻的书香，总会叫人先迫不及待地拿到鼻前闻一闻，别提有多耐闻了。当年的我用书极不爱惜，过不了多长时间，书就被弄得脏兮兮皱巴巴的，因此祖父为我包书都要包两层，一层护住书香，一层抗脏抗折。那时候的我也比较听话，拿到新书后，就会小心翼翼地装进书包带回家，第一时间交到祖父的手里。

祖父通常在晚上给我包书皮，因为家里夜晚的生意不忙。在那盏时常“嗡嗡响”的电灯下，他老人家会戴上一副老花镜，将新书、牛皮纸、裁纸刀、糨糊一一摆放在柜台上，一支香烟燃罢，包书的工作便开始了。不可否认，祖父是一位了不得的“包书匠”。先将牛皮纸展平，一双布满褶皱的双手要在上面摩挲好几遍，再用裁纸刀把牛皮纸裁剪开，便可得到大小合适的牛皮纸了。然后，把新书放到每一张牛皮纸的上面，前前后后，棱棱角角，全都包裹得整整齐齐，并用糨糊粘牢靠。为了美观，祖父常会拿干毛巾在包好的书本上按一按压一压，将他老人家的心思全都按压均匀，顺便也把那颗望子成龙的心嵌在其中。最后，祖父还会在书皮上写上科目类别以及我的年级姓名。当然，我还忘不了他老人家的那句忠告，“当心着点，爱惜着点，不过日子不知道柴米油盐贵”。

不得不说，那些牛皮纸做了我书本多年的支撑，成功抵御住我的一次次的叛逆与淘气。坦白讲，当年的同学也是挺羡慕我的，羡慕我的牛皮纸书皮，羡慕祖父包书的手艺，羡慕书皮上那几个光彩熠熠的软笔字。于我而言，我喜欢书皮是因为它们能够护住我爱的书香，每当厌学时就打开书皮闻一闻，那香味着实可以治愈调皮捣蛋的我。

后来，我也赶上了塑料书皮的时候，而且家里就卖，任我挑任我选。即便如此，祖父不厌其烦地给我包书，从柜台上包到了书桌前，从一年级包到了六年级，这始终是我童年印象最深的事情之一。再后来，我才恍然大悟，原来祖父那么多年都在偷偷地一层层地包他的那颗心，而心香恰恰如同书香一般！

祖父的花儿又要开了

迎夏的风轻轻柔柔的，像是一双无形的手，走在风中有一种被抚摸疼爱的感觉，叫人一下子又重新做回了孩子，如花朵一般地在风中自由摇曳。

夏是花的黄金季节，绝大多数的花儿都会在热火朝天的夏季竞相绽放。而今每到夏天我都会想到老家院落里的花儿，想起爱花的祖父，想起像花儿成长的那些年。

我的祖父爱花养花护花，花儿是祖父生活里不可缺少的部分，尤其是在祖父晚年。那些年，老家的窗台上、屋檐下摆满了祖父种的花，大盆小盆、大缸小缸全都承载着祖父日复一日的爱。每逢入夏，院落便渐渐地热闹了起来，铆足劲的花朵依次绽开，大的小的、红的黄的，形态迥异，憨态可掬。一朵朵花儿的争奇斗艳也时常会引来周围的街坊邻居，有赏花美的老人，也有嗅花香的中年，还有想要采花走的孩童……夏天的院落是芬芳的，是熙攘的，是令人陶醉的，而这时的祖父也是无比惬意的，尤其是有人夸他培育的花好、种的花香……

然而，等来一季花开谈何容易？祖父为了夏季的花开，常常都从上一年初冬就开始为花儿做准备。在寒风凛冽的腊月，身患半身不遂的祖父经常拉上祖母一起打理过冬的花儿，要将花枝上的枯叶落英轻轻摘下，将那花盆里的杂物拾掇干净，要用塑料纸将怕冻的花儿包裹好……到了开春，祖父会陆陆续续地为花儿脱下“棉装”，小心翼翼地为它们松土、施肥，精益求精地给它们修枝，不知不觉中，这些花儿便进入了夏季，来到了它们翘首期盼的绽放时刻。祖父养花的心得来自他抚育家里孩子的点点滴滴，尽管祖父的家教十分严格，但不得不说那也是一种特别的爱。

过去，我家屋后的运河里就有荷花，每到夏季就如约盛开，但没几年就不见了踪影。后来，祖父在院落里养了一小缸荷，且在炎炎夏日别有一番景象。别看缸里只有屈指可数的几枝荷，但那花那叶都绽得有模有样，甚至别具风韵，也会令那“接天莲叶无穷碧，映日荷花别样红”的诗句陡增趣味。祖父也颇为爱荷，喜欢荷的不蔓不枝，喜欢荷的一身清香，他老人家一辈子经历了很多，不少的磨难都如淤泥一般，试图将祖父困住抑或击倒，但抱定人生信念的祖父克服了一个又一个的坎坷，找到了属于自己的天地，养活了一家老小，赢得了实实在在的声誉。

祖父过去曾说，夏天不仅成全了花开，也锤炼了花品。的确，夏天既有艳阳高照，也有风雨无常，艳阳高照的日子里有花开，而在风雨无常的时分则有花落，花开是幸，花落是命，不畏凋谢而盛开的花儿着实更令人爱慕！此时此刻，我不禁想起祖父常常念叨的那句话，“成家容易守家难，立业容易守业难”，此言亦如在说花，花开容易守花难，要想守住花开就要精心呵护，要想守住生活就要珍视当下……哪有一直顺风顺水的路途，哪有一成不变的福地？

如今，尽管祖父已故多年，但老家院落里的那些花在祖母的悉心照料下依旧年年如约绽放，每每都会吐露出自己的心声，会摇曳出生活的热情，会释放出一年浓于一年的芬芳……再吟“年年岁岁花相似，岁岁年年人不同”，不禁感慨：相似之中有不同，不同之中也有相似啊！

夏将至，祖父的花又要开了，开在那最熟悉院落里，开在这最炽热的心间！

说附院，忆祖父

我身边的人都习惯将“济宁医学院附属医院”简称为“附院”，这都源于鲁西南百姓对它的熟悉，也源于一份特殊的情感，就像我说起附院，就会自然而然地忆起祖父。

医院，是与死神搏斗的地方，当然也是重燃希望的地方，平时估计几乎没人会无缘无故地想到医院。坦白讲，我从小就对医院有着一种不可名状的恐惧感，一进医院的大门就开始内心发怵。至于走近“附院”，还要从当年祖父生病说起。祖父去世前有相当长的一段时光都是在附院里度过的，先后两进两出。在那些陪老人住院治疗的日子里，多少的希望与失落、多少的开心与悲伤都永久地留在了附院，留在了一个陌生而熟悉的地方。

记得那是祖父第一次住进附院，当时病情相对稳定，且能有效地控制。祖父向来爱说爱笑，颇为喜欢闹笑话，平时就闲不住的祖父猛地一住院还很不适应，要知道他习惯在老家宽敞的小院里赏花听鸟，那样的一间小病房无疑束缚了他老人家的自由，更何况他不太喜欢病房里整日安静沉闷的空气。入院之初，祖父还很拘谨，尽可能地少言少语，后来与病房里的病友都熟络了，于是他老人家也就慢慢地放开了。最开始，祖父喜欢和挨着床的病友们交流谈心，即便是在他打点滴的时候也能说笑自如，他偶尔会把家乡发生的那些奇闻轶事讲给病友们听，也会与人回味分享自己年轻时的经历……他老人家讲的那些事曾一度让本该下班的医生护士为之留步，也曾令临近病房的病友们听得津津有味，周围不少人因此认识了祖父、肯定了祖父。

祖父第二次住进附院时病情就已经相当严重了，而且还伴有一些并发症，再加上祖父本身患有高血压、冠心病，因此那种病痛的折磨是他人难以感同身受的。这次入院，一向爱说话的祖父彻底变得沉默寡言了，我想或许是因为祖父感到了些许绝望，抑或是他老人家确实已经到了有心无力的地步……在此期间，我记忆最深的就是老人那忧郁暗淡的眼神，尤其是当我见到他用这种眼神看着缓慢的点滴，看着走不出的病房，我的心里难受极了，这种难受应是一种无法抗拒的悲伤。尽管医生护士常来安慰，但原本那个要强的祖父还是没能从强大的病魔中挣脱出来。在满是忧伤的日子里，每当祖父的病情加重时，我都会把全部希望寄托在白衣天使的身上，有时真的会迫切渴望他们能够快速减轻甚至消除掉老人身上的病痛，希望他们能够再帮我找回原来那个乐观豁达的祖父……不得不说他们也已经尽力了，何况并不是所有病都能被治好，我自始至终都坚信“医者父母心”!

每次去市里，我都要到附院周边转一转，也会久久地伫立在附院跟前，任凭记忆自由地泛滥，就算一时间没了头绪，我也依旧不愿离去，总感觉有那样一份情愫萦绕身旁，时而还令人禁不住地为之动容。

祖母的信仰

我的祖母已经年过九旬，耄耋之年的她耳不聋眼不花，尽管只念过几天的私塾，但说话做事都有条有理，街坊邻居都说祖母是行善积德修来的。转眼间，我这个孙子辈的也已经成年，与祖父母相依为命的日月里，祖母的信仰也在潜移默化中影响着我。

祖母为家操持了一辈子，老人家经历过战火动乱的年代，经受了忍饥挨饿的时期，腰身由直变弯，发丝从黑到白，匆匆的岁月改变了祖母的模样，但始终都未改变她老人家那善良慈悲的心肠。以前家里缺吃少穿，祖父被迫四处营生，祖母守家拉扯着七个孩子，一有空还要带着年长的孩子搓绳打包，生活越是艰苦，祖母越是任劳任怨，不管怎样难怎样累，祖母都会毫不犹豫地去扛去担，老人家常说，“吃得苦中苦，方为人上人”。

祖父是个急性子，经常会朝祖母发脾气，而她老人家几乎都忍让，以柔情化刚烈，祖母始终坚信着“家和万事兴”的老理，就这样，老两口相濡以沫了一辈子。随着家里的生活日趋向好，一个个孩子也相继成家立业，而祖母仍旧坚持着缝缝补补，缝补着家中的衣物，同时也缝补着子孙的忧愁。祖母经常教导我，“孩儿，生活比树叶还稠密，日子可长着哩，千万不能只顾着眼前！”

不知从什么时候起，我开始注意祖母送香祭拜的事情，尤其当看到九十多岁的老人家还亲自给祖先们叩头时，我的内心既感动又酸楚。祖母不相信封建迷信，但在祭拜列祖列宗、祈求上苍保佑的事情却是无比的虔诚。

每逢农历每月初一、十五，祖母都会在堂屋里送香祭拜，家里常年放着三个瓷质的小香炉，送香时就会拿出来，摆在条几的正中央。送香前，老人家都会先点燃灯座上的红蜡烛，紧接着将准备好的香均匀地分成三炷，依次在蜡烛上引燃，祖母上香前都要摇一摇，让那烟火旺起来，祖母告诉我："烟火旺则人丁旺，人丁旺则家族旺。"老人家将三炷香小心翼翼地置于香炉中，并双手合十祈祷一番，然后缓缓地蹲下，跪在条几跟前的垫子上，面朝着堂屋的神像叩头三下……年事已高的祖母起身时颤颤巍巍，令人心疼不已，若是家人碰见，都会跑过去扶一把，尽管多次劝老人家不要再叩头了，但还是改变不了祖母的习惯，改变不了她老人家心中笃定的信念，老人经常告诫我们："人在做，天在看，凡事都要问心无愧才行！"

在我家，每年都有一次较大的祭拜仪式，在除夕夜。每每到了腊月二十六七，家里就会上供，俗称"摆供"。供品有鸡鱼肉、甜点及水果等十几样，常年由祖母置办，比如鱼肉都要事先过油。这场祭拜仪式通常要等到除夕夜的十一点半以后才在堂屋进行，祖母带着我叔和我，先送香，接着是"发纸"(给祖先烧纸钱)，而后给列祖列宗敬酒。这些结束后，我们三代人便依次跪在神像前叩头祈福，祈求风调雨顺阖家安康。这两年，祖母念叨最多的就是希望我早点结婚成家，她老人家始终坚信，"只要人心诚，愿望也终能成！"

而今，耄耋之年的祖母每天还会帮我叔看店铺，老人家逢人就说，"人不能闲着，有点事情干是好事，中不了大用，中点小用也行呀！"其实，历久弥坚的生意之家离不开德高望重的祖母，也离不开她老人家信仰的传承。

一针一线的爱

我也是祖母一手拉扯大的孩子，彼此的感情远胜过简单的祖孙情，那浓郁的母爱我想应是独一无二的。

我的祖母心灵手巧，做了近一辈子的针线活，过去邻居想给家里的孩子添置棉衣，都会来找她老人家为其量体裁衣。祖母也是街坊邻居眼里的热心人，几乎都有求必应。其实，在我这一路的成长当中，祖母也没少为我缝缝补补。

从我儿时起，奶奶就开始一针一线地给我缝补衣物，只不过那时的我还很懵懂无知，只觉得那针线穿梭得游刃有余，哪会想到每一针每一线都连着渴盼，都带着挂牵……

印象颇深的是在我上了中学后，那段岁月是祖母的针线在我的成长中穿行最密的时候。自从上了初中，我就迷恋上了打篮球，那时看 NBA、追球星，还常常会自不量力地去模仿球星的各种动作。不得不说，那几年的校园生活除了一板一眼地坐在教室里，就是如痴如狂地驰骋在球场上，由此让我的大多衣物跟着遭了殃。

毫不害羞地讲，我上中学穿过的裤子几乎都扯过裤裆，偶尔还要绷着腿上课，生怕在老师同学面前出了丑。不仅如此，那时我的鞋子也时常在打球中磨破磨烂。要知道我的祖父是一个对生活要求非常严格的人，怎么能允许他的子孙三天两头衣服破、鞋子烂呢？因此，那时候的我经常挨训，甚至连被骂都成了家常便饭。后来，为了躲避挺令人烦恼的训斥，我选择晚上偷偷地去央求祖母为我缝补破烂的衣物，祖母也特别怜惜我。

在那些小心翼翼的夜晚里，祖母都要趁祖父休息后才肯悄悄地拿出她那个一应俱全的针线筐子，默默地走到堂屋，拉开那泛着黄晕且又能照亮她皱纹的电灯，戴上老花镜，仰着脸一丝不苟地在灯下穿针引线。她老人家时常一只手拿着我的衣物，另一只手便开始飞针走线地织补起那些秘密的“伤口”……

有时我会偷偷地趴在门旁看祖母缝补衣物，不经意间就会被那额头的皱纹深深吸引，那皱纹里藏了太多我不知道的日月。每当缝补起我破烂的鞋子时，她老人家就有些吃力，因为鞋子大多都是胶底的，穿针拽线都是相当费劲的，由此，我又发现了藏在祖母针线筐子里的两样神秘“武器”，一个叫“针锥”(是来给比较坚硬的东西钻孔用的)，另一个叫“顶子”(它的学名我不清楚，是一个类似于戒指的环状东西，套在手指上用其往坚硬的地方推针)。尽管有神秘武器的鼎力相助，但还是要费上好大的力气。祖母发力时，那皱纹率先挤压成一条粗线，真不知钻上一个针眼儿定格了祖母多少个表情瞬间，也不知拽过一次尼龙线会带出她老人家多少的良苦用心，那时的我只知道昏黄的灯光在一次次地将她额头的皱纹加深……

上中学的那些年，祖母为我缝补了许多，不仅缝补了我衣物的伤口，而且也缝补了我的忧虑和恐惧，甚至缝合了我曾经与篮球的藕断丝连……

长大成人后，祖母依旧在为我的生活缝缝补补，每当瞅见我的衣物开缝时，她都会慌着说上一句，“孩儿，快换下来我给你缝上两针……”这两年，祖母的眼睛又花了，做针线活变得十分困难，但她丝毫没有厌烦，从来都是那样心甘情愿，她老人家或许知道，她现在的每一针每一线都在缝补我漂泊在外的孤单和思念！

而今，身在县城的我每当遇到衣物“开口”时，我都会想起那些密密麻麻的针脚，想起那一针一线的寄托，以及那无声无息的爱……

饺子情缘

那天，我和最要好的兄弟去吃饭，正琢磨着吃点什么时，他突然建议道："要不吃顿饺子？"我听罢立刻脱口而出了一句："好，走。"做了八年的兄弟，我俩情同手足，有空时都会一起打球健身，每每都在一起吃饭，我俩都讲究简单实惠，常年的默契叫人没有任何的拘束。

来到附近的一家饺子馆，我们点了三盘韭菜鸡蛋的饺子。据说一盘有十五个，令人意想不到的是还给配了三小罐秘制的鸡汤，真的是第一次这么吃，确实别有一番味道。说实话，饺子馅有点偏淡，好在鸡汤的口感极佳，更何况每一口都有浓郁的兄弟情，难得兄弟始终都记得我爱吃饺子。

说起吃饺子，那绝对是我的最爱，没有之一。至于为何爱上饺子，我想应与自己的命运有关。我自幼跟着祖父母生活，祖母经常给我包饺子吃，尤其是在逢年过节。那时，家里总备有一小搪瓷盆的猪肉馅，祖母用酱油调制好，天气不热的时候能放得久一些，而夏季就放不了几天，吃的时候再配上一些白菜粉条及葱姜。祖母包的饺子馅多皮薄，馅的汤汁香浓，皮的口感劲道，蘸上陈醋蒜泥，那着实叫一个美啊。我每次都能吃上两三碗，毫不夸张地说，祖母包的饺子多半是给我的。老家的那一碗碗热气腾腾的饺子陪伴了我多年，从稚气未脱到三十而立，从在家居住到常年漂泊，那一个个饺子成了我心头的最爱，成了一份别有滋味的乡愁。

记得，我在外读高中那三年，每每月休回家，祖父总会提前准备好饺子馅，等我一回家就让祖母包给我吃。那三年，总感觉家的饺子说不上来的好吃，细碎的饺子馅里蕴藏了太多的东西，叫人禁不住回味，每次都不敢吃得太快，生怕在家的宝贵时光一晃而逝，也害怕饺子的热量会一下子把嘴头的愧疚烫成水泡。那三年，饺子的确是我的一份念想，也是一种激励，于有形和无形当中陪伴着我、抚慰着我，要知道一颗恋家的心在饺子的包裹下始终都是温热的，可惜最终还是愧对了那层历久弥坚的呵护。

后来，我在县城参加工作，定居在城里，成了名不符实的城里人。尽管城里的饺子店挺多，饺子的种类也很丰富，但我还是找不到一家能够让自己吃出感觉的地方，更找不到一个可以收容我乡愁的地方。好吃的饺子是馅多皮薄的，轻轻一咬，心事就很轻易地流淌出来。

独居县城的这几年，城里的姑妈每次包饺子都会给我打电话，姑妈的手艺和祖母有几分相似，延续着家的温度与亲情，我经常能够吃出其中的老故事老味道，尝到时光的酥香，也咂摸出生活的辛辣。不得不说，饺子里的某些东西真的不宜细品，混在一起的饺子馅通常很香浓，而一旦分开就显得尤为干涩。

如今，嘴馋时我就会买两袋速冻水饺自己煮着吃，买过的品牌水饺倒也不少，可那种冻住的情感始终都化解不开，无论怎么煮，总感觉煮不熟，也因此经常把水饺煮破，到头来才知道最耐温的是那层真情。我吃水饺时总喜欢喝上小半碗陈醋，以至于饭后会反酸，反出那些经年累月的酸……

吃一口饺子，念一个人，忆一段事，真情味十足啊！

我找父亲谈心

父亲，当我站到高处望向远方，总能望到您曾经留下的光亮，那光亮每每都直击我内心的彷徨。父亲，在这阴雨连绵的日子里，我能清楚地触到自己的心跳，那实际上就是一种对您的需要。燕子去了又来，花儿谢了又开，而您这一走就是二十五年之久，只留下了一个高大的背影，以及那些嵌在背影上的父爱。

转眼之间，您的儿子又走过人生的一站。这让我又回想起您的当年，为了我您曾四处辗转，辗转是为了多挣些钱，多挣钱才好让您特殊的儿子拥有更好的明天。父亲，站在原地眺望外面的世界，有时的确很美，也的确很吸引人，然而那一路狂奔而去的过程却往往是颇为艰辛的，其过程也是无比漫长的。为了追逐外面的世界，人绝对不能随随便便地搭乘交通工具，否则将会漏掉沿途的风景，甚至会错失看风景的心情！

父亲，您是知道的，我大半的童年和一个完整的少年都是在水乡度过的，这是我最为刻骨铭心的人生一站，我的生命里也从此有了小桥流水，生活中有了荷塘月色。这一站，我必须感激我的祖父母，您也应该感谢您的爹娘，正是他们一路的照顾和疼爱才让我在跌跌撞撞中平稳地走过年少的时光，才让您留在这世间的唯一火种有了发光的希望。

父亲，家乡的大运河常年都是百舸争流的，但也免不了要送走湖区的游子，就像当年运河上的客船把您送去了鲁桥镇供销社工作，后来又将我送到了微山县城打拼。微山，实际上是我迈入的另一站，是我从校园到社会的转折点，是我独立生活的开端，这一站留下了我奋斗的初始脚印。漫步于县城的繁华中，我渐渐地习惯了车水马龙；伫立于闪烁的霓虹前，我曾不止一次地怅然若失；望向自己期盼许久的陌路花开，我仍旧在坚定不移地追逐着、寻觅着……那年我21岁，挣到了人生中的第一份工钱；那年我23岁，在茫茫人海中找到了立足点；那年我25岁，幻想起了下一站的幸福……

父亲，如果不知道山的那边是海，不知道冬的尽头是春，或许儿子不会再走远，甚至不会来到今天的这一站。我向往着安定的生活，追逐着美丽的爱情，渴望着幸福的家庭，所以我不惜翻山越岭，不畏路途的泥泞，乐此不疲地奔走在既定的路途中，我想您会理解我的决定。父亲，当我展开那些被翻卷的岁月，当我俯视那些被叠加的磨难，我坚定我的选择！

父亲，我感觉自己有时就像一只候鸟，总是在不停地寻找着属于自己的季节，即使有时会迷失方向，也终归没有飞离自己的内心。我在选择季节，季节也同样在选择我，既然飞出去就不要带着迷惑，更不要带上忧伤。父亲，不管何时何地，我想您都会做我未来日子的指南针！

父亲，人生总有许多站，在您短暂的生命里是否也有过类似的挣扎或反复呢？是否也有过与我一样的坚持或倔强呢？

我站在高处望向远方，天边没有洒下的阳光，唯独感觉脚下的大地在震动，我想那正是我与您敞开心扉的对话。

再念我的父亲

最近不知是何种的原因让我又想起已故的父亲，或许是那爱的回音在平淡的日子里太过清亮吧。再回首，父亲已离开我二十六年之久，然而岁月的无情终究无法抹杀我对父亲的思念，沿着模糊的往事追寻，不觉情感在泪水里斑斓。

父亲在每个人的心中都是高大无比的，因为父爱如山，于我也是这样的。我的父亲身高并不太高，不足一米七，他身体结实，肤色偏黑，举手投足间总会给人一种稳重感。前不久，还有故乡的老人说我长得像年轻时的父亲，以至让我禁不住地去照镜子，仔细打量自己的模样，在脑海里追忆了父亲许久。

父亲给人最大的印象就是老实，不擅言语。每每听到别人聊起父亲，都能看到为他竖起的大拇指，都能听到对他的夸赞，父亲是个实实在在的老实人。多年以来，我从未听说父亲跟谁吵过架，甚至红过脸，我真不知他的内心是怎样的强大，也不知他肚子里究竟隐藏着多少不为人知的憋屈和辛酸，毕竟父亲的工作、婚姻和生活都不是那么如意，想想这些，我真的对父亲佩服得五体投地！

父亲重病期间，一直都是我叔在他身边陪护照料的。叔叔曾告诉我，父亲住院期间的话异常得多，他最放心不下的就是年幼无知、体弱多病的我。这让我对父亲的老实有了更深层的理解，其实他的波澜一直都在自己心底封藏着！

父亲生前爱好书法和绘画，而且都颇有成就。现如今在父亲生前工作过的鲁桥镇供销社，还能找到他当年画的一些宣传画。我在鲁桥镇上了三年高中，其间听他当年的同事说，父亲不仅毛笔字写得铿锵有力，而且画画更是栩栩如生。我还曾听祖父讲过，在父亲去鲁桥镇接班前，祖父要求他画一幅对头虎，当时父亲左右开弓，收放自如，一气呵成。那幅画曾被祖父珍藏了多年，竟没想到会成为遗物，乃至成为全家人难以割舍的痛。后来我才知道父亲的心中始终有一杆笔，那杆笔整天被他的热血和勤奋护佑着。

父亲短暂的人生被忙碌与操心占据了一大半。从离开老家南阳镇到去鲁桥镇供销社工作，从放弃被当时公认的“铁饭碗”到去微山县城开店闯荡……父亲更多的是为了我，为了他的儿子能像正常的孩子一样，可以说，为了我他完全可以忽略自己。写到这里，我的心仿佛惊现了一道裂痕，不过很快又被父亲坚韧的双手给弥合，但他手上的老茧还是不小心触痛了我。

蓦然间，能叫一声父亲是何等幸福，能靠一靠父亲的肩膀又是何等踏实……此刻，我又怎能不想起自己的母亲，只是时过境迁，只怪破镜难圆，想要把那些打结的心事捋顺真的挺难，的确挺难。

父亲，我爱您，含着两眼灼热的泪水说爱您，更是带着一心的愧疚说爱您！

我叔是个手艺人

我们南阳古镇上有许多手工艺人，他们有造船匠，也有打铁工，还有一些民间艺术的传承者，要说我最熟悉、最钦佩的手艺人，就应当是我的叔父了。

沿着蜿蜒曲折的京杭大运河，就能邂逅古镇南阳，这里物华天宝，这里古色古香；沿着凹凸不平的青石板路，就能巧遇古镇的书院路，这里商铺林立，这里人烟熙攘。在书院路上有这样一家店铺，名叫“古镇永和商店”。

如果泛一叶轻舟，寻得的是古镇之美，那么访一位艺人，觅得的则是人杰之灵。五月末，我再次踏上古镇的热土，其间赶上叔父在家有空，我们爷俩儿促膝而谈，又聊起他的手艺之路。我的叔父是土生土长的南阳人，他不仅在镇上经商多年，而且还是一位名副其实的手艺人。

我的叔父不高不矮，体型偏瘦，他长我十二岁。前些年叔父争强好胜，脾气相对急躁一些，然而生活的刻刀渐渐精雕细琢了他的模样，使不惑之年的叔父愈加稳健与睿智。成家之前，叔父就拿起了手中的画笔，一笔一画地勾勒起他而立之年的生活。

水乡南阳盛产鸭蛋，古镇上的孩子从小到大都没少吃鸭蛋。其实，鸭蛋不仅仅是美味佳肴，其蛋壳还是一样好宝贝，当年的叔父便在鸭蛋壳上做起了文章。他首先巧妙地将鸭蛋掏空，把壳完整地保存下来；然后，他想方设法地往蛋壳里注入一些重物，使得轻飘飘的蛋壳摇身一变成了不倒翁，而那不倒翁也就成了叔父绘画的载体，他最常画的便是仙鹤。我曾欣赏过那些千姿百态的仙鹤，每一只都栩栩如生，有的仰天长啸，有的展翅翱翔，有的翩翩起舞，有的漫步嬉戏……不得不说，叔父的那些仙鹤不仅栖息在憨态可掬的鸭蛋壳上，同时也飞进我五彩斑斓的童年。

后来，叔父开始迷恋起雕刻，用一把刻刀在一段段桃木上留下他中年的轨迹。叔父最拿手的当属雕刻“刀枪剑戟”的小物件，那一把把兵器在他的刻刀下棱角分明锋芒毕露。当时许多见到叔父作品的人都想要一两个收藏，而叔父也不怎么吝啬，几乎都是来者不拒的。那一个个精致的桃木作品不仅蕴含了叔父的奇思妙想，也融入了他的真知灼见，是一种对过往日月的修复，也是一种对未来生活的塑造。

这几年，叔父结合古镇的旅游热逐步做起手工饰品的生意，为此他还专门弄了一个手工作坊，作坊里的工具应有尽有，各种材料与成品着实抓人眼球。在叔父的手上，暗淡粗糙的菩提子有了神采奕奕的脸庞，奇形怪状的蜜蜡有了凹凸有致的曲线，平淡无奇的“鱼精”有了清澈透亮的眸子……为了他眼中的“精品”，叔父常常会安静地沉思，也会专注地观察，会用刻刀一丝不苟地雕琢，也会拿电钻精益求精地打磨，那些看似不起眼的材料都在叔父的手上脱胎换骨，有的被做成了流光溢彩的手串，有的被制成星光熠熠的项链，也有的被转化为下一个梦的载体。

老话说得好，“艺多不压身”，我的叔父非常了不起，他除了在工艺品的制作上有一手外，还精通水电暖的安装与修理技术。迫于生计，叔父以前也做过一些工匠活，不仅都能胜任，而且干得很出彩。

叔父告诉我，如今他也眼花了，看东西不再像以前那样清楚了，不过为了内心的热爱和生计的需要，他一定会将手艺延续下去，会把惊喜制造下去，甚至会教学员、带徒弟……

这么多年过去了，生活的刻刀将叔父从一把锋利的矛雕成了一块坚实的盾，从而使他牢牢地守护着家，守护着根；叔父也用一把刻刀将生活从一座山雕成了一片海，以此来更好地致青春、致梦想。

蓦然回首，生活中的你可以不是工匠，但对于生活，你一定要独具匠心！

了不起的婶子

时光荏苒，白驹过隙，婶子嫁到我们家已经整整二十年。二十年间，婶子尊老爱幼勤俭持家，在祖父的引领下也成了地地道道的生意人。然而，看似普通的外表下往往会有鲜为人知的一面，抑或是了不起的地方，我婶就是这样。上次回老家，我有幸遇见了不一样的婶儿。

故乡南阳镇四面环水，古镇的冬天更为寒冷一些，回乡那天正好赶上大雪的节气，虽未飘雪，但频频袭来的北风还是把人冻得够呛。

一到冬天，叔家的生意就不太好，因为进入了旅游淡季，再加上古镇的常住人口本来就少。尽管如此，婶子还是起早贪黑地经营着家里的店铺，风里雨里也都习惯了。晚上婶子也闲不住，时常要洗刷家里的衣物。那天气温已经降到零度，晚上应该更低一些，我婶收完摊子便开始洗衣服，听说家里的洗衣机不太好使了，为了节省，婶子一向能手洗就手洗，而这在寒风刺骨的冬夜又谈何容易？瞅见那一大盆满满当当的衣物，我突然感知到居家过日子是多么的不容易，也不禁感慨，经营好家庭真的要比经营好生意更难。

起初婶子在家里洗，盆里好歹还兑了一些热水，但那双手依旧冻得通红。在家洗完头遍后，婶子说要再在河边漂洗一下，一来方便，二来也节约家里的用水。夜晚的运河岸黢黑一片，婶子让我的小弟帮忙拿着手电筒，我也顺势跟了过去。按照婶子的意思，我们把手电筒放在岸头的石阶上就好，不用陪着挨冻。可我和小弟不放心，冬夜里的河岸静悄悄的，风声夹杂着水声，放眼望去，连个人影都看不到。我婶蹲在最下边的石阶上，伸手就是河面，我当时就很佩服我婶，尽管这佩服里包含着些许担心。换成我，还真不敢，别看我也是在运河边长大的。就这样，我和小弟看着婶子漂洗完衣物，忘了令人龇牙咧嘴的河风，也忘了愈来愈深的严冬，因为我婶的举动足以让我哥俩勇敢一次。

回到家里，我婶问我们为什么陪着不走，小弟脱口而出了俩字"担心"，我婶听罢开心地笑了，对我们说，有啥好担心的，我会凫水。听到婶子会凫水，我着实很惊讶，兴许是那吃惊的表情没有收住，婶子又说，我们这一代在运河边长大的人处处都离不开河，离不了水，有谁不会凫水？说实话，我听后很惭愧，生在运河边的我却没有学会游泳。

婶子告诉我，小时候在水浅的地方扑棱几次就学会了凫水，她的几个姊妹也都会，一到热天大家都到河里洗澡。她说出嫁前还曾跟着家人夜里逮蚂蟥，有次因为困倦不小心掉到水里，一个鲤鱼打挺就上来了。

难得见婶子的脸上流露出自信和得意，我真的佩服得五体投地，忍不住地为她竖起了大拇指，不禁感叹，他们那一代的孩子不仅更能吃苦，也更勇敢。要知道，那时的姊妹还多，哪有被"捧到手心怕摔了，含进嘴里的怕化了"的待遇，但事实证明，他们都很健康茁壮地长大了，不仅如此，他们立于生活更加从容自如，行于人生也更为坚定自信。仔细想想，他们身上的某些品质是我们当下孩子所不及的。

婶子还偷偷对我说，她结婚那年跟着我叔下湖收鸭蛋，叔不会水，有次在船头滑了一跤，落了水，我婶二话没说就跳下去救他。简单的三言两语又让那些远去的记忆重新温热起来，也让这眼前的冬天变得可亲可敬可爱了许多！

都说“穷人家的孩子早当家”，其实运河岸边的一些孩子也是如此，古老的大运河不仅哺育了一代代湖区儿女，而且引领了很多逐梦的人。现在我终于明白，尽管外面的世界五彩缤纷，但总有些人还是坚定不移地守在运河畔，这便是爱的固化，不仅固化了人的根，而且也固化了人的本，就像我了不起的婶儿这样！

漂亮的古镇女孩

2020年初，在我回南阳古镇过年期间，听家人讲有一位北京游客，时隔七年再到南阳镇旅游，并且专门到我家重拾记忆。彼此拉家常、聊变迁，相谈甚欢。我听后备受感动，禁不住提笔，以游客的口吻还原当时的情景，以此为念。

——题记

时光如流水，从记忆的桥头下穿过，浸润了青春，也勾画了容颜。择一叶扁舟，起下怀念的锚头，划出渴望的双桨，顺着京杭大运河而下，去往一个叫南阳古镇的地方，去那里继续寻觅，也去那里悄然重逢。

沿着笔直的青石板路，让脚下的凸起顶出熟悉的感觉，听着渔家味儿浓郁的方言，找寻一次重逢的切入点。穿过古镇轻描淡写的冬季，迎着诗情画意的春天，没有车辆的喧嚣，也没有雾霾的缠绕，只有一双双明亮的眸子，只有脸上淳朴的笑容，只有大把大把的静美光阴，这些令人感到惬意。

“哎……怎么是你？”一个熟悉的声音让脚下的青石板路变得亲切无比，也一下子击穿了我时隔多年再来南阳的小陌生。

“对！对！是我！从北京来的！”我还是忍不住内心的激动，以及那蓄积许久的热情。“七年前我来过你们这儿，与你们家老老小小聊得不亦乐乎，并拍了许多照片。拍的最多的就是你家闺女，那可爱的丫头，扎着两个马尾辫……现在已经长大了吧！”

我顺势打开自己的话匣子。

“是的，是的，这一晃就是七年哩，时间过得可真够快，俺闺女现在都已经考上了大学，学医！”女主人流露出一种亲人般的热情，话音也是相当可亲，丝毫让人感觉不出北京离这儿有多么远。“你那会儿来的时候，她才上小学五年级。”女主人想了片刻，补充道。

“嗯！”我不由得陷入更深的回忆，古镇的春风已经很暖，顺着春风去回忆感觉更加温暖。她是这家“古镇永和商店”的女主人，家里主要经营烟酒糖茶和当地特产。她的丈夫是一位多才多艺的古镇能人，不仅会干水电暖的活儿，还擅长绘画与雕刻，雕刻的小物件个个栩栩如生。这家的老爷子更不简单，当时已经年过八旬的他和老伴用炭渣一点一点地粘制成了“花山”。“花山”的体积不算太大，依附在院落的迎面墙上，山上的花草树木飞禽走兽应有尽有，可谓是南阳古镇的一大特色景点，在国内也实属少见。令我印象最深的还是女主人的女儿，那时的小丫头还非常羞涩腼腆，模样却着实可爱，一双又大又亮的眸子如河水般清澈，小巧的体态恰有荷花的婀娜多姿。我当时给那可爱的丫头拍了好几张照片，后来拿给我的许多朋友看，告诉他们“这就是古镇女孩”。

“寒假期间，你闺女在家吗？”我不禁脱口而出，记忆一下子跳了出来，转而变成一种渴望和期待。

“在家，在家，我去叫她！你先进来坐坐！”女主人的热情已经完全感动了我，让我在古镇的每一步都变得如此从容，也如此幸福。

没有半支烟的工夫，女主人便带着闺女来到我的跟前，令我欣喜不已。昔日的小丫头如今已经变成了青春美少女，个头都超过了她的妈妈，一双明亮的大眼睛炯炯有神，而且充满了灵性与美好。一头长发的丫头着实像那随风摇曳的荷，如此娇艳，如此动人！

“丫头，我再给你照张相吧！”我看着曾经的古镇女孩，看着她的成长和成熟，看着她背后的大好风景。

“好！”古镇女孩干脆地答应了，似乎没有七年前的拘谨，但似乎还带着那么一点点羞涩。

一张照片再一次定格了美丽的古镇女孩，也定格了又一次与众不同的古镇记忆，唯一没有定格的是我活跃的思绪，以及唯美的心境。

小弟带我游故乡

身为一个土生土长的南阳人，我曾以为自己熟知故乡的各个角落，况且故乡南阳镇并不大。事实证明，以为就是以为。上次回乡，小弟就带我到了一个从未去过的地方。

那天下午，小弟跑到我跟前，像是读懂我心思似的说，“哥，要不我带你去转转。”我听后很欣喜，于是我们哥俩开始了一次特别的旅行。

暮光渐至，眼看着夕阳就要落下山去，古镇的街巷悄然安静了许多，似乎只有我们哥俩还在兴致勃勃地雀跃着。

一转眼的工夫，过了老运河上的“延德桥”，小弟朝我说，“哥，这儿你来过吗？”我当时一脸茫然，脱口而出了一句“真没有”，小弟听罢高兴得不得了。眼前是一片开阔地，我们称之为“庄台”，就是南阳人仅有的一些耕地，古镇的东西南北各有一块，这块位于镇东头，我的确一次都没来过。踱步而去，我仰着头，望着我三十多年来从未见到过的景色，小弟跟在我身旁。

没走几步，就到了一座平面小桥上，小桥两侧是池塘。如果看惯了运河的波涛汹涌，那么乍一看池塘的道道涟漪会欣喜不已。池水碧绿，倒映着天空将要隐没的云朵，夕阳为其镶嵌了一圈黄褐色的花边。晚风习习，碧波一层层翻动，翻过了曾经，翻到了当下，翻走了童年，翻出了少年，令人目不暇接地痴醉其中。一叶木舟安静地靠在岸边，任由风来波去，那颗归来的心始终都是熨帖的、满足的、释然的。

晚风渐大，耳畔传来蒲草摆动的声响，从某种程度上来讲，这也是湖里人所特有的心灵感应，金黄色的一片片随即进入眼帘。那蒲苇个个亭亭玉立，一副副精神抖擞的样子，犹如一支训练有素的水上卫兵。春来了，蒲苇便开始竞相生长，由此可见老家的水土多么肥沃，也多么养人！“哥，快看，看那盘旋的水鸟！”小弟欢快地叫道，瞬间打断了我的思绪，猛地抬头，一只水鸟正在蒲苇的上方低飞，来来回回，寻寻觅觅，时而惊呼，时而呐喊，像极了曾经那个刚开眼界的毛头小子！

天色逐渐暗了下来，一股地锅鱼的味道悄然扑鼻，霎时间叫人垂涎欲滴，寻味而去，一排排民房顺着河堤而建，屋舍俨然，朴素大方。房屋的对面是一块块平整的田地，地里的麦苗青青，沾染着春的气息。沿着屋前的小路漫步，偶有鸡鸣犬吠，偶有熙熙攘攘，蓦然回首，身后已有渔火点点，这难道不也是书本里的“世外桃源”吗？过去，总向往着车水马龙的城市生活，如今则万分渴望回归水乡的日子，人终究是回不去了，好在心还可以……

天彻底黑了，眼前除了未知的美好，就是无限的渴望，此次出游虽是临时起意，但却意味深长，真不知故乡还有多少我未见过的景，抑或是还不解的情！

我们徒步返回，灯亮处，我看到他那神采奕奕的小模样，那神情也应当爬上了我的脸庞。

那一回头，那一挥手

离别对人而言总是伤感的，尤其对一个即将离乡的游子来说。去年中秋，我回乡过节，相聚的日子总是那么不经意地一晃而过，很快就到了离别时分，而那次离别令我印象深刻，因为是小弟送我。

我比小弟大 21 岁，我是实打实看着他长大的。小弟从出生时就显得与众不同，因为他生就一双“招风耳”，像是迷你版的“弥勒佛”，那憨态可掬的小模样着实令人喜欢。小弟今年读五年级，尽管学习成绩不及他的姐姐，但动手能力确实特别强。他平时酷爱拼图玩具，而且领悟能力强、拼装速度快，快速拼装玩具成了他的拿手好戏。此外，小弟还特别喜欢绘画和泥塑，画得有模有样，捏得栩栩如生，令人赞叹不已。我的叔父是镇上的手工艺人，精通雕刻与绘画，我想小弟心灵手巧应该是从他爸爸那里遗传的。

每次见我回乡，小弟都高兴得不得了，比见到他亲姐回家还要高兴。那次回乡过节，我看到小弟的脸颊上洋溢着幸福的色彩，映着他那五彩的童年，悄悄流露着他那慢慢长大的快乐。中秋夜，小弟说要晚上跟着我睡，还要听我给他讲故事，这着实是一个令我意想不到的惊喜。

坦白讲，这些年我一个人住习惯了，习惯了一个人睡一张床，即便是走亲访友，也宁可睡沙发而不愿意跟别人睡一张床。尽管如此，但小弟的热情总是让我难以拒绝。记得，我们哥俩肩并着肩躺在床上，他用大人的方式给我讲述小孩子的故事，而我也用小孩的口吻给他说着大人的事情。小弟慢慢地被困意席卷，我熄灭了灯，就这样，窗外皎洁的圆月伴着我俩入睡了。夜里，我醒了两三次，每次醒来的时候小弟都眨着惺忪而又明亮的睡眼瞅我，顺口说上一句："哥，你睡不着啦……"那晚，我确实是被那浓郁的亲情打动，我想这种心有灵犀的兄弟应该胜似血浓于水的手足。

谁料一觉醒来，美好的相聚时光就已经溜走了多半。离乡前，我看得出小弟的脸上有百般的不乐意，他再三央求我："哥，能不能再多住一天啊？"由于工作的原因，我很无奈地让小弟失望了。

临别前，小弟说要送我到坐船的码头，我很理解他的心情，所以就爽快地答应了。小弟非要抢着帮我拎行李，小小的他抢过我手上较大的行李，拎起他心头那些沉沉的不舍，一歪一扭地行走在我离乡的路上……走到码头，离乡的客船马上就要开了，我朝小弟挥挥手，叫他早点回家，他也向我挥挥手，却不忍转身离去。我看到他眼眶的泪水已开始不停地打转，那一刻我也真想像个孩子一样地哭出来。

我假装上船，让小弟回家，他终于失落地转过了身，不时用手抹眼角的泪水。我望着小弟的背影，望着他那颗重情重义的心，望着我们一路走来的美好时光，我的视线突然有一些模糊，或许是眼睛里揉了太多的画面……小弟突然回过头望着我，这次是他主动朝我挥了挥手，望着小弟那挤出笑意的小脸庞，我知道他真的悄悄地长大了。我笑着冲他挥挥手，离乡的客船真的要开走了……

那一回头，那一挥手，我的心酸得没有理由。

我们哥俩

时光犹如老家的运河水，一浪接一浪地翻滚而去，每当蓦然回首，总会被弥漫的水雾打湿眼眶。这几年，常常会在日月的间隙中禁不住地怀想，怀想那些亦真亦假、亦虚亦实的模样，怀想我们哥俩的这一路之上。一晃眼，小我二十多岁的小弟也已经长成了大男孩，个头越来越高了，也越来越成熟了，令我又惊又喜。我曾跟小弟开玩笑说，“你姐姐的个头已经超过了我，你绝不能再超过我了，否则咱俩就绝交。”

但凡回老家，我大部分的时间都会被小弟占据，听他说那些似乎讲不完的话，陪他玩那些被我落在身后的游戏，甚至还要跟他一起入眠入梦。想想前几年，虎头虎脑的小弟还好“哄骗”，而如今，“哄骗”却成了他的拿手好戏，不达目的决不罢休的他也挺叫人百感交集的。我曾跟小妹开玩笑说，“你哥还是原来的样子，可你弟早已不是原来的样子了，瞅瞅他那多变的小眼神你就知道了。”

端午回乡过节，正好赶上小弟放假在家，刚一进家门，就被等候多时的小弟一把抓住。坦白讲，我已习惯他的这通操作，习惯被亲情之锁一下子锁住，习惯将屈指可数的时间交给这个爱搞怪的男孩。尽管他明明知道我只能在家里待一天，但还是不断地与我商量：“能不能后天走？多住一天又怎么啦？”我的摇头令他很是失落，进而反复要求我：“那就明天下午再走，早上不许走！”我笑而不答，他便追加两句：“不说话就是默认，骗人是小狗。”

每次回乡，我都要沿着老家的运河岸走上一圈。当天傍晚，我趁他不留神自个偷偷溜了出去，谁料想，小弟近乎满世界地找我，打电话、发微信、开视频，最后终于锁定我的位置。见到我的第一句话就是：“你不吭不响地去哪了，谁让你不带我的？”一时间，我不知所措地看着小弟，像个做错事的孩子，任何辩解都显得苍白无力。

那晚，小弟执意要带我再游一遍运河。夜晚的运河岸不甚明亮，三三两两的路灯忽明忽暗，河水奔流的波涛声时大时小，我们时而快速经过，时而又停车拍照，零零星星的故事在黑不溜秋的巷口随意拼接。

回到家后，我们哥俩针对小弟的学习进行了一次相对严肃的谈话。小弟今年小升初，目标是县城的一所知名中学，相较于他姐姐的努力与勤奋，我们一家人都着实为他捏一把汗。从小弟那稍显沉静的神情可见他些许的压力，也可感他那股不愿服输不肯罢休的劲。我俩再次约定今年县城见，击掌为证。

回乡的那一夜，我辗转反侧，久久不能入眠，脑子里像过电影一样，竟是我和小弟的种种画面，有我的认真，也有他的稚气，有我的成熟，也有他的天真，有我的眷恋，也有他的偏爱……这几年，我牵着他的手走在成长的路上，而他则攥着我的心奔在回家的途中。说实话，我真盼着小弟快快长大，可又害怕他真的一下子长大。

蓦然回首，我们哥俩的故事已经分成了好多段落，一段诉“苦”，一段说“乐”，一段形成峰峦，一段激起漩涡，就在这交织交错的时光里，新的开头又出现了……

岸头记事

乡　土

常言道，“物以稀为贵”，南阳人也将仅有的土地视为宝，尤其是在热火朝天搞耕种的那些年里。南阳镇的地少，耕地更少，仅有的几块耕地还是用河湖底下的泥土堆积起来的，当时一大家子人也只有几分耕地。然而，地少的南阳人耕种的热情却高涨，那时我还在上小学，家里分到了能盖三间屋子的耕地，南阳人一年种两季庄稼，一季麦子一季豆子。

出自河湖的泥土无比的肥沃，可谓是“种豆得豆种瓜得瓜”，我家里的耕地都是祖母打理，春播秋收，施肥锄草，她老人家可没少为种地而费心。儿时我经常跟着祖母到田间地头玩耍，到了地里，我就爱追蝴蝶蜻蜓，四处捡马蜂蛋子，那时的泥土很温润，播种时带着青涩的味道，收获时飘荡着成熟的芬芳，时隔多年，才隐约品出那乡土里的纯情。

我家堂屋后面的屋檐下有一方土地，面向波涛汹涌的大运河。起初在上面放些家里面暂时不用的杂物，后来被祖父母收拾好种上了菜，常常会种些辣椒。看似不起眼的一方地结起来辣椒那叫一个没完没了。我家夏天更是有吃不完的辣椒，每每都分给街坊邻居们吃。那辣椒绝对够味，吃在嘴里辣到心头，辣出了我的男子汉气。

炎夏时节，祖父都会在傍晚时分差我给辣椒浇水，我直接拿着水桶向运河“借”水，乡水润乡土，有情有义，只管借不用还。那辣椒地无比喜爱运河的水，给多少喝多少，喝完了便更加起劲地结果实了，现在看来，乡土是多么的厚道，那芬芳源于深处。

祖父爱好养花，老家的院落里摆满了大大小小的花盆，花盆里放着或多或少的乡土，祖父常夸赞乡土不仅养人，而且更养花。每年春末夏初，老家的院落里就弥漫着花的香气，白天有月季的浓郁，夜晚有茉莉的清纯，乡土的花朵总是积极而又热情的，在向阳的日子里不遗余力地生长与绽放。都说落红不是无情物，那些绽放过的花瓣大多都化身肥料归于泥土，以此来报恩，并寄托来生的梦。不禁感慨，花香到底还是源自泥土的芬芳，源于爱与被爱，着实令人回味。

而今，乡土存在于游子的心头，尽管屈指可数，但每一粒都弥足珍贵。离乡多年，走过那一片片土地，身上始终带着那股味，乡土的味道，说淡还浓，悄然藏于你的口音和气息里，乃至某种不可磨灭的情结。心头的乡土最容易生长出乡愁，那味道是香中带涩，涩中有香的，闻久了会让人禁不住地流泪！

乡土里的芬芳，总叫人万分地留恋，既会在留恋中感伤，也会在感伤中怀念，常念起那些满是泥土味的日子。

乡　音

“少小离家老大回，乡音不改鬓毛衰”，如今再诵读起这句诗，心头总会泛起一阵酸。时光荏苒，离乡多年，尽管始终离家不远，但聚少离多的时光却令人寝食难安。蓦然回首，乡音时近时远，每每都将一颗游子的心召唤，回不去的是那流年。

想当年，乡音是那撩动黎明的划水声。我家屋后面就是蜿蜒千里的大运河，河水常年奔流不息，也与勤劳质朴的南阳人形成了默契，日出而作，日落而息。那时候，我的木板床靠窗，一年四季几乎都半掩着窗户睡觉，入夜的故乡极其安静，经常让人一觉睡到大天明。不过也有例外，偶尔会被那黎明前的划水声给叫醒，不管春夏秋冬，那水声始终清脆悦耳，“哗啦——哗啦”，清脆地掠过你的心，悦耳得令人陶醉不已。

这划水声十有八九来自打鱼卖鱼的南阳人，俗称“鱼猫子”，他们起五更睡半夜，把从河湖里捕到的鱼卖给鱼贩子，一般都在天明时分完成交易。待到划水声停息在我家屋后的河岸上，渔民和鱼贩子明话暗语掺杂，一支烟的工夫就完成了交易……我经常在床头听得津津有味，有时会在津津有味当中愉悦地再眯上一觉。

想当年，乡音是穿梭街巷的吆喝声。故乡水多地少，当地也没有什么成规模的种植地或养殖场，老百姓大部分的日常必需品都是从外面经水路运进来，必不可少的就是肉品和蔬菜。南阳人习惯一天吃两顿饭，每当到了饭点，就能听到卖菜人的吆喝声，

“鸡腿、鸭腿、琵琶腿，萝卜、北瓜、豆角子，鲜肉鲜菜，快来买喽……”卖菜人或拉着地排车，或推着三轮车，“咯咯噔噔”地穿行在乡间的小路上。一来二去，买菜的群众闻声便知是哪个卖菜的，想吃谁卖的菜就等谁的吆喝。

说到走街串巷的吆喝声，其实运河上也曾有几个卖菜人，他们有的棹着小木船，有的开着挂桨机的水泥船，船上装满了各种菜品，晃晃悠悠地活动在水面上，而那吆喝声要比陆地上的更为清亮，足以让那寂寥的波涛奔涌起来。

想当年，乡音是那些回味悠长的声音。“小鸡呦吼——买小鸡来——”这一声吆喝不知藏在多少南阳孩童的记忆里。记得上小学时，经常能听到卖鸡仔的老翁骑着一辆二八杠沿街吆喝，车子后头绑着两个鸡笼子，里面的小鸡仔一路上“叽叽喳喳”，像是淘气而又可怜的孩子。

“戗剪子——磨菜刀——”这一声吆喝绝对会带出那些青葱的岁月，并把乡间淳朴的生活拖得很长很长。在我小时候，南阳镇上还有一个四五十岁的磨刀匠，他整天推着一辆独轮车，车上放着他干活的家伙什，那磨刀匠的吆喝铿锵有力，手上的活儿娴熟利索，左邻右舍都喜欢找他收拾家里的剪子菜刀。

“吃冰糖葫芦——吃冰糖葫芦——”这一声吆喝相当黏人粘心，尤其对于那些毫无抵抗力的孩童。一听有卖冰糖葫芦的，准有一群孩子会冲到街口，先拦住卖糖葫芦，然后想尽各种招数让大人们给钱，因此也有一些大人埋怨卖糖葫芦的太能吆喝。

“熊孩子，天都黑了还要去疯，快滚回家睡觉！”当再念起这句乡音时，不觉万分伤感与愧疚，人长大了，再也听不到了。

时过境迁，乡音忽隐忽现，总会叫人在某时某地泪水潸然，念念不忘那些兜兜转转的流年！

老手艺

古镇南阳的历史可以追溯到战国时期，它是运河四大名镇之一，素有“江北小苏州”的美誉，还曾是闻名遐迩的商埠。悠久的历史不仅成就了古镇的一段段佳话，同时也赋予南阳璀璨夺目的文明。

时光荏苒，历史在不断地翻新，南阳的发展也在时代的引领下日新月异。面对现代生产生活的日新月异，传承自古留下来的手工手艺就成了一件意义非凡的事情，有时这份传承正是一种文明的延续。

我的老家依河而居，在京杭大运河的一岸。盛夏时节，我回了一趟老家，在运河的岸边漫步，瞬间穿过历史的隧道。“叮当，叮当”，在我家的院落里经常能听到对岸造船匠做工的声响，铁壳船即便早已经进入南阳人的生活，也无法取代小木船在故乡的地位，造船匠们更是将这几百年的工艺延续了下来，让故乡的碧波之上总能闪现小船悠悠的身影。从如何解料到怎样拉住线头放线，从铺船底的讲究到船体上油的拿捏，经验丰富的造船匠们讲得头头是道。他们构思缜密，做工一丝不苟，将工期精打细算，以至达到信手拈来炉火纯青的境界。

南阳盛产蒲苇，每逢秋末时节，成片成片的蒲苇犹如身着铠甲的将士一般，驻守在湖河之中，那景象真叫一个气派！过去常听老人们讲，以前每家每户都用蒲苇来编织席子、坐垫、吊篮等，在满足家用的情况下还可以卖钱换粮食，但后来逐渐被时尚的日用品取代。近两年，随着古镇旅游业的兴起，草编工艺又慢慢地被南阳人重新拾起，并得到很好的传承与发展。在古镇的街巷里走一走，你会发现以蒲草编成的鱼虾蛤蟆，可谓栩栩如生；你也能找到用苇子编织的篮子筐子，个个都小巧精致；你还将驻足在手工作坊前，感叹艺人的心灵手巧！不得不说，曾经的编织手艺编织出了南阳人的希望，如今则又延续着古镇儿女的渴望。

南阳是名副其实的水乡，这里的鱼鸭成群结队，这里的鸭蛋为人称道。在古镇上，腌咸鸭蛋、做松花蛋着实是一门了不起的祖传手艺，这儿的咸鸭蛋红黄流油，松花蛋鲜滑爽口。从我的曾祖父到祖父，再到我的叔父，一家三代人都会做松花蛋，独到的材料配方加上严谨的操作流程，让做出的松花蛋与众不同且又独树一帜。在老家，人们习惯把做松花蛋叫作变松花蛋，的确，从最初的鸭蛋到最后的松花蛋真有一种变戏法的奇妙，这确实是一种精益求精的传承！

沿着古镇的历史走一走，工匠的手艺需要传承，先辈的精神也需要传承；顺着古镇的青石板路走一走，逐梦的步伐需要传承，时代的担当也需要传承！不可否认，传承好南阳人最原汁原味的东西，便是对古镇文明最好的延续。

熬“汤料”，变“松花”

我们马家三代人经商，前后已有一百多年的历史了。我的曾祖父开过五金杂货店，做过布匹生意；我的祖父开过书店、文具店，卖过烟酒糖茶；如今我的叔父还在老家南阳镇经商，不仅卖日用百货，也经营当地特产及旅游纪念品。马家做生意讲究热情待客和诚实守信，对得起顾客，对得住良心，在镇上乃至周边地区都享有一定威望和口碑。

要说马家三代经商人都会的一门老手艺，当属变“松花”了。此“松花”非彼松花，老家人常把松花蛋简称为“松花”，名变得优雅，味也变得浓郁。众所周知，松花蛋又称皮蛋、变蛋等，据说是汉族人发明的一种蛋加工食品，而且是我国的一种特有美食。松花蛋由来已久，清代王士雄曾在《随息居饮食谱》中记载：皮蛋，味辛、涩、甘、咸，能泻热、醒酒、去大肠火、治痢疾，能散能敛。

变“松花”用的主要食材是鸭蛋，要说将鸭蛋变成松花蛋，那着实需要花费一番工夫，当然也是一个相当神奇的过程。我作为外行人，儿时常常看我的祖父、叔父变“松花”，心里头多少有点数。这活说起来挺有意思，但也相当费时费力。

变“松花”的第一步是筛选鸭蛋，并非所有的鸭蛋都能够参与“变制”的过程。筛选鸭蛋，俗称“靠鸭蛋”，这绝对是个技术活。想当年，祖父、叔父都是在我家的老屋里靠鸭蛋，他们常选在夜深人静的时候，灯泡一亮，房门一关，马扎一坐，一手一枚鸭蛋，相互磕磕碰碰，听音断定。听他们说，只要听到“噼噼啦啦”的声响，鸭蛋上肯定存在裂纹，有裂纹的鸭蛋不能用，用了也变不成“松花”，甚至还可能毁了其他的鸭蛋。过去变“松花”前，老屋里总是摞着数十筐鲜鸭蛋，少则几千枚，多则上万枚。祖父、叔父时常熬上几个通宵才能筛选完。

这第二步就是往大缸里放鸭蛋，我们叫“码鸭蛋”。码鸭蛋是一个力气活。鸭蛋虽小，摆放的要求却高，不容任何闪失，其间的辛劳就不言而喻了。装鸭蛋的大缸口径通常都有两米多，深度也近两米。码鸭蛋一定得轻拿轻放，稍有大意，满缸皆坏。弓腰，驼背，双手抓五枚鸭蛋，从筐里到缸中，依次重复，小心翼翼，全神贯注。缸里的鸭蛋不仅要摆放均匀，还要分层，每一层都用竹条编的垫子隔开，让鸭蛋各就其位各显其能。那几年，我叔经常干码鸭蛋的活，于是落下了腰疼的毛病。

最令我感兴趣的是第三步熬“汤料”。老屋墙边有两口泥巴糊的大灶，锅底烧柴禾，每每熬汤料，那也老壮观了。把一桶桶取自大运河的水朝锅里倒，一捆捆柴火往锅底续，炊烟袅袅，咕嘟咕嘟，时而呛得人两眼含泪，时而累得人上气不接下气。奥秘全在锅里头，配方中有我熟知的石灰、盐、碱、茶叶等物质，至于还有啥、什么配比，那我就不得而知了。熬出来的汤料浑浊不堪，热气腾腾，味道发涩。我自幼就被大人告知，一定要远离这汤料，否则容易被“咬”，我曾一度半信半疑，但始终也不敢亲自求证。后来才知道，熟石灰具有很强的腐蚀性，如果不小心碰到，真的会受伤。

待汤料完全冷却后，才能进行第四步，将汤料一瓢一瓢地浇在缸里。这动作相当关键，为何不是“倒”，我这外行人可就说不清楚了。其间，还会往缸里加上一些松枝，以便在蛋体上印出“松花”来，由此可见，松花蛋绝对名副其实。静候百余天，松花蛋就可以出缸了，我叔要戴着厚厚的皮手套将“松花”一个个地捞出来，不可否认，他也怕“咬手”。

包“松花”可以算是最后一步，看似简单，其实也有一定的技术含量。包“松花”用到的东西有泥巴、稻壳子、沉淀后的汤料等。先和好泥巴，一只手抓上一把稻壳子，配上少许的泥巴，再将松花蛋放于泥巴中，然后另只手抓上一把稻壳子，左团团右团团，一枚穿上金黄色外套的松花蛋就做好了，这外套既好看又保湿。

马家的“松花”饱满味正，不含铅，没有石灰味。这“松花”晶莹剔透，糯而不腻，入口劲道，回味香浓，配上姜末、酱油等佐料，吃起来就更带劲了。

说到底，熬汤料熬的是一份执着和万千等待，而变“松花”凭的是一颗匠心与无限智慧，其中的学问可多着哩，欲学则先要静观，欲问则先要细品。

千眼菩提

菩提子又名鳄鱼果，原产于尼泊尔、印度，后来被移植到非洲，由于它上面有许多类似“眼”的小黑点，故名“千眼菩提”。一枚普普通通的菩提子有着坚硬的皱巴巴的外壳，色泽暗淡，但你是否知道，千眼菩提也有着一颗渴望发光的心。

叔父是南阳镇上的一个生意人。在古镇近几年旅游开发的带动下，叔父开始做起旅游纪念品的生意，菩提子也由此走进他的生活。俗话说，没有金刚钻不揽瓷器活，叔父凭借雕刻的技艺在菩提子的行当上做得有声有色。为此，叔父还专门开设了自己的手工小作坊，各种工具也一应俱全，千眼菩提的发光之路便从这里开始了。

打磨一枚菩提子，分为“水磨”和“干磨”，两种方法的本质区别在于用不用水，“干磨”更有利于保护菩提子的内部构造。叔父通常要用抛光机把菩提子的坚硬外壳去掉，在轰鸣的机器声中，你会发现菩提子逐渐露出白皙的内里，色泽也明显改善。去完壳的菩提子犹如洗脸梳妆一番的孩子，从不起眼变得招人待见。这还不算完，还需进一步打理。紧接着，叔父会用打磨机二次打磨，看着打磨机下面的粉末越积越多，菩提子也越来越光鲜亮丽，然而你是否会因那飞溅的粉末而体会到菩提子的疼呢？

经过反复打磨，菩提子焕然一新，肌肤更加晶莹剔透，纹络无比清晰，那一只只黑色的小眼睛着实令人喜欢不已。随后，那一枚枚小巧玲珑的菩提子可以做成手串，也可以进一步做造型，比如雕成小船、莲花、茶杯等。当光彩照人的菩提子婀娜多姿地出现在你的面前时，你会欣喜不已，你会激动万分，你会瞬间被那千万只小眼睛征服！

叔父曾说，加工好的千眼菩提会随人掌心汗液的浸染而改变颜色，从白变黄，再变红，颜色逐步加深，色泽持续明亮，价值也会不断增加。叔父也曾说，千眼菩提要想千眼放光，那就要打磨，要反反复复地打磨！

其实，菩提子的发光历程又何尝不是人生蜕变的缩影呢？要想破茧成蝶，要想凤凰涅槃，那就必须饿其体肤劳其筋骨，就必须有信念有追求！要想在人生中遇见更好的自己，那就要勇敢而坚定地突破自我，就要勇敢而无畏地锻造自己！没有翻不过的山，也没有迈不过的坎，关键在于你是否足够勇敢，是否也像千眼菩提那样足够渴望发光。

千眼菩提，贵在一颗勇敢而强大的心！

“留守”与“空巢”

记得在上小学时，我就听说“留守”一词，但那时候还不太懂什么意思。直到上初中，才真正理解什么是“留守”，原来我就是一个留守儿童，只不过自己是一个永远都留守在祖父母身边的孩子。

南阳镇上的人要么傍河而住，要么逐水而居。都说“靠山吃山靠水吃水”，但二十世纪九十年代的南阳镇仍旧是交通闭塞且鲜为人知的，再加上严重的湖河水污染，谋求生计的南阳人几乎被逼上了绝路，在家无计可施的南阳人被迫选择外出打工。起初是家里的男劳力或夫妻二人出去闯荡，将老人和孩子留在家里，这也就有了我们南阳的留守儿童。

南阳镇的人口原本就不多，劳动力外流以后，镇上的人烟就更加稀少了。那些年里，在小镇上见得最多的就是老人和同龄的孩子，每到上学、放学的时间，乡路上才有人，平时的乡路都是冷冷清清的。那时看到一缕炊烟便知放学的时间快到了，听到一声呵斥便知哪家的小伙伴又惹老人生气了。那些年的小镇被古运河安静地簇拥着，不声不响；那些年的老小被无奈的现实压制着，难以抵抗。

说到那些年留守在家的我们，我突然想起与我家一墙之隔的邻居。我和他同龄，上学时他比我高一级，我们既是校友又是伙伴。不同的是他跟着外祖父生活，爸妈都在济宁市里卖早点，而我从小就与祖父母相依为命。那时我还挺羡慕他的，因为他能盼

着爸妈回老家来看望他，而我则不然，我没有他的那种盼头，祖父母就相当于我的父母。年少时，每每看到别人家的孩子与爸妈亲热，我的心里总特别不是滋味，我想这应该就是“留守”的味道吧！

后来，最先外出打拼的南阳人都站稳了脚跟，听说大多数卖早点的南阳人都发了财，他们先在家乡盖起楼房，后又将学龄期的孩子带到外面上学，于是家里就只剩下老人，且是独守空巢的老人！待到我们那一拨孩子初中毕业以后，在老家上学的孩童就越来越少了，原来的乡路上还能看到一只布满皱纹的大手牵着一只细皮嫩肉的小手，而之后就只剩下一双背在身后不知所措的空手了。此时老家的炊烟也不再准时了，若隐若现，时有时无；周遭的欢声笑语淡了又淡，不知了去向，就连听一声呵斥也成了件奢侈的事情。

在我上中学时，我家周边就有几户空巢老人。老人们一有空就喜欢到街边坐坐。夏天在阴凉处乘风，冬天到太阳下晒暖，或一脸慈祥地看着来往的乡人，抑或几个老人聚到一起说话拉呱。家乡的石板路不宽，一街两巷都是直来直去的，老人们的说笑声常常带着温润的乡土味，总能让路上干瘪的空气跟着欢快地流动起来，就像我们那一拨跟着家里老人长大的孩子的说笑声一样。当然，偶尔也会听到老人不经意间的叹息声，令我印象最深的一句话便是“白天有啥事倒还好说，可要是到了晚上那就全凭我们自个儿喽……”

从留守到空巢，从孤独到煎熬，从忧伤到思考，我们到底得到了什么，而又失去了什么？前几年，有许多慕名而来的游客到南阳观光，他们会对古老的运河惊叹不已，也会与独居的老人促膝长谈，当家乡的老人淳朴得连自己是空巢老人都不知道时，我真不知道是应该庆幸，还是应当悲哀……

时光荏苒，时过境迁，新时代的南阳有了新模样，日益兴旺的古镇旅游逐渐带动了家乡的经济，也留住了谋生的乡人。而今，历久弥新的运河文化融入南阳人更多的自信，如火如荼的万亩荷塘正摇曳着湖区儿女的小康梦！不得不说，时代在悄然改变着我们生活的同时，也在慢慢影响着我们的认知，而那“留守”与“空巢”的往事终将会成为一段刻骨铭心的过去。

红火日子

坦白讲，南阳人的生活至今也不算太宽裕，仍有一部分人常年在外打工，即便如此，古镇的日子始终还是红火的。

古镇的红火日子还要从万亩荷塘说起。毋庸置疑，南阳镇始终都是荷的天堂，每逢春夏之交，荷便悄然而至，最初是不起眼的一点红，到后来便是目不暇接的一片红。听老人们讲，过去水里的荷花更多，河里有，湖里也有，小水沟里还有。二十世纪九十年代的南阳人过得紧巴巴的，物质生活有限，精神生活匮乏，好在还有辽阔的水域滋润，还有荷所带来的惊喜。

从春末到冬初，从芙蓉出水到莲藕成形，荷几乎能一年四季都陪着南阳人。荷遍身是宝，不仅可以养眼醒目，还能食用药用，以至于给南阳人增加不少经济收入。那几年，镇上的采购站人头攒动，不少南阳人都以下湖采荷来养家糊口，采购站就成了他们兑换劳动成果的地方，听说有的人还发了家。红荷着实给淳朴的南阳人奉献了许多，红荷的火焰也着实点亮了南阳人的生活。

我小时候，古镇的夜黑漆漆的，时常黑得寂寥无趣，进入21世纪后，南阳的夜开始逐渐亮堂起来，慢慢地又变得红润，这都要归功于一个个连街接巷的大红灯笼。古色古香的小镇与大红灯笼堪称绝配，而挂起这么多灯笼可是一个不小的“工程”。细心勤快的南阳人两三人一组，拿着梯子爬上爬下，历时多月才将一盏盏灯笼挂满古镇的大街小巷，也将那一点点含苞欲放的红挂上希望的枝头。

灯笼之下，古镇的夜变得俊俏且又生动，灯影下时常会有一双明亮的眸子，这双眸子总喜欢追随着古镇游走，静悄悄地探寻那些白天所见不到的美好。这两年，热情洋溢的广场舞也走进古镇，走到灯笼的红晕下，人声与乐声交织，倩影同灯影共婆娑，南阳人多姿多彩的生活就这样开始了。

2020 年 9 月，期盼已久的枣菏高速微山连接线建成通车了，而且还在我们南阳古镇设有出口，这对于数千年来以船代步的古镇来说无疑是一个里程碑。当南阳古镇的美名渐渐地远扬海内外，当越来越多的游客慕名前来，这条高速的建成着实让古镇如虎添翼，让那日益兴盛的古镇旅游更火一把。

眼下，崭新的高速路不仅修到了家门口，而且还修到了心坎上。前不久回乡，就听到乡邻顺着这条四通八达的路畅想，畅想今后的日子，畅游未来的生活。不得不说，质朴的南阳人也想出去看看，也想更快地与外面的世界交会对接；不得不说，水是南阳人的信仰，而路则是南阳人的希望。

其实，每个时期的生活都可以过得红红火火，关键是人怎么去想、怎么去过，知足者常乐。在古镇，总有一些世世代代都生活在这里的南阳人，他们乐此不疲地坚守着脚下的热土，也孜孜不倦地坚定着生活的方向。

忆，在房中

居无定所的人常常会为了“住房”而发愁，内心也难掩彷徨，有房可住的人心里便踏实多了。我是一个对家有着特殊情结的人，对于住房自然也相当关注。尽管命途多舛，但有一间属于自己的房子，便是一件莫大的幸事。时光荏苒，沧海桑田，再想起这么多年居住环境的变化时，记忆总是五彩斑斓的，而心底也会不由得荡起涟漪。

我自幼就跟着年迈的祖父母生活，当时住的是旧砖瓦房，而且一住就是近二十年。我们家的旧砖瓦房可有不小的年岁了，据说可以追溯到中华人民共和国成立前期房体使用的都是老砖老瓦，就是那种特别厚实的砖、特别大块的瓦。我家的砖瓦房分为三间，两边是卧室，我与祖父母各住一间，中间是客厅，我们习惯地称之为“堂屋”。

我家旁边有一间年岁更老的泥土房，具体建于什么时期不太好说，都说在当年康熙来南阳微服私访的时候就已经有了。它的墙体是由泥巴与秸秆混合而成的，栉风沐雨了这么多年依旧无比坚实，我真的觉得很神奇，就这样一间泥土房是怎样禁得住这么多年雨水冲刷的呢？这间泥土房承载了我童年的记忆，我与小伙伴们时常会到里面转一转，像是走迷宫一样，现在的它已经成了南阳古镇的一处景点。

在我刚上小学时，应该是二十世纪九十年代，我常听大人们讲：“谁家盖好了三间平房，正准备着娶媳妇呢！”那时娶媳妇的人都应该是我的父辈，那时的平房就是砖瓦房，或者说是新砖瓦房，用的是红砖灰瓦，里面的墙面常常是用涂料粉刷过的。那时的三间平房可以看作是娶媳妇的标配，当然也是生活水平好的一种象征。

进入 21 世纪，我们南阳镇兴起了“二层小楼”的潮流，说到“二层小楼”，不得不说当年出现的一波打工热，当时有不少南阳人都选择到外面打工赚钱，最常干的就是卖早点，最常去的地方便是济宁和济南。听说当时出去的乡人都赚到了钱，都在回乡后盖起了二层小楼，“二层小楼”因此就成为南阳人富裕起来的鲜明标志，也是迈入小康生活的真实写照。

而今，祖父用他积攒了大半辈子的钱为我在县城买了房，我住进了小区，也因此成了所谓的“城里人”。小区的楼房一排挨着一排，一层接着一层，一户对着一户，看似紧密的表象却掩饰不了关系淡漠的内在，有时对门都互不认识，更不会有乡村一街两巷拉大呱的场面。在小区生活了这么多年已经习惯这样的生活方式，其实这也挺便利的，例如楼房的布局很合理，日常起居都相当方便；集中供气、供暖的方式也非常贴心；舒适洁净的生活环境的确令人青睐。住进小区，过上了朝九晚五的生活，与崭新的时代一同前行，有时想想，真的感觉很幸运也很幸福。

有时，我会围着微山县城转一转、看一看，偶尔会见到高档的小洋楼，也曾看到气派的别墅，有时也会渴望走进去看一看，也想体验住进去的感觉，但这样的想法最终都一晃而过。如今，我们的生活质量越来越高，住房条件也越来越好，即使站在别墅外面，我也能分享到一份骄傲与自豪。

房子可大可小，可豪华也可简单，只要住着踏实、住着幸福就好。我到底是一个幸运人，有一套属于自己的房子可以安身，可以容纳我的柴米油盐和喜怒哀乐。当然还有许多房子为我敞开大门，它们始终珍藏着我的记忆、陪伴着我的幸福、保留着我的渴望……归根结底，最应该感谢的还是时代！

忆，在“雨巷”

老家的“雨巷”，或许只有在我眼中才是雨巷。老家的“雨巷”常年容易积水，而且不易风干。

前不久还乡，正好赶上雨天，走在回家的路上，恰好路过“雨巷”。“雨巷”离我家挺近，位于南阳古镇的书院路上，镇上的人称之为“双火巷”。巷子有两段，形如一个“丁”字，一头通向新商业街，另一头伸向老商业街，还有一头延向大运河。巷道狭窄，由长条石板首尾相接地铺成，而石板并未和睦相处几年，很快便怨气横生、四处翘棱，因此路面坑坑洼洼。在我的印象里，巷子一年四季都显得阴暗潮湿，即便在艳阳高照的日子，走过路过也总会有一些莫名其妙的感觉。

那雨下得不大不小，带着秋的缠绵，夹杂着冬的阴冷。站在巷口看雨，雨帘很密，雨珠很亮，雨势很急。走进巷子，雨花四溅，雨声回响，一步深，一步浅，时而战战兢兢，时而踉踉跄跄，终究忘了撑开手头那把伞，结果可想而知，被淋得狼狈不堪。穿出巷子的刹那，一只脚踏在了坑洼处，一汪水彻底弄湿了两只鞋子，一股凉意顺势从脚脖子钻进了心底。

二十五年前，巷口还有个货郎挑子，货郎是一位年过半百的老者，头发花白，牙齿几乎掉光。那摊上摆着各种好玩的小玩意，还有两样是孩子们尤其钟爱的美食，一样是缠糖稀，另一样是辣味田螺。当年，我和小伙伴们还是穿开裆裤的小屁孩，无论是谁路过巷口都会被吸引，如果买不到就会号啕大哭，那泪珠子顺着巷口往里流，那哭声久久在巷子里回荡，丝毫不亚于倾盆大雨。

十五年前，我们虽然已经上初中了，但还经常跑到巷子里玩，记忆犹新的是“扇四角”和“藏马猴”的游戏。白天，巷子里通风，扇四角容易赢也容易输，就看风站在谁的那边，赢了随风而喜，输了逆风而怒；晚上，巷子里黑不溜秋，藏马猴易藏难找，黑夜给了人黑色的眼睛，有人硬着头皮充大胆，也有人被吓得不轻。

十年前，我们还在异地读高中，镇上的高中学子经常穿过巷子离乡回乡。巷子很窄，离别的影子拉得很长，多少泪水都咽进了肚里。再后来，我们那几个都相继参加工作，在聚少离多的日子里，穿一回巷子成了奢侈，偶尔都是带着异地他乡的泥巴走过巷子，留下那无人问津的足迹，留下那无从谈起的得失。

这几年，那一拨孩童都长大成人了，最初的码头也迁走了，争强好胜的俗人之心正在渐渐老去，巷子若即若离忽隐忽现……不得不让人感叹，这巷子真的挺能盛“雨”。

老家的“雨巷”，尽管没有江南的油纸伞，但却有生活的酸甜苦辣与离合悲欢。

忆，在冬天

眼下，寒冬的大部队都陆陆续续地赶来了，凛冽的风、飞舞的雪、抱团的冰先后在四处各显神通。我所居住的小区早早地通了暖气，空调也在随时待命。暖暖的热气终归是好的，它不仅让人免受寒风，也让人不用穿上厚厚的衣服。可曾想，那暖暖的热风是否吹凉了记忆？冬天的记忆又都去了哪儿？

独自坐在没有取暖设备的房间里，记忆是暖的，我那冬天的记忆要从故乡说起。进了数九，老屋后面的古运河就开始结冰，越结越厚。冬天的景色相对萧条，而结冰的运河却是一道不错的风景，腊月的冰面常在太阳下变得溜光锃亮，让我们那帮在运河边长大的孩子跃跃欲试。待冰面厚实之后，反应机灵的小伙伴会拿一块偌大的石头狠狠地砸向冰面，若是冰面只伤了点儿皮毛，那我们就可以尽情地走起来、滑起来、嗨起来了！

倘若冰面没有那么结实，我们就不能冒着掉进河里的危险去滑冰，不过冰面上依旧有乐趣可寻。只要小伙伴那试探性的大石头砸了一个冰窟窿，就有人赶紧跑回家去拿鱼竿，三三两两地围着冰窟窿钓起鱼来。冬天的寒风威力无比，小伙伴的小手有时被凶凶的北风吹得通红，但伙伴们的兴致却丝毫不减，甭管钓没钓到鱼，至少钓到了童年的快乐。

那时一到冬天，祖母就早早地嘱咐我把棉袄穿上。我小时候还没时兴羽绒袄，都是穿祖母亲手做的棉袄。那棉袄胸前一排扣，两层结实的布，中间是厚实的棉花和暖暖的爱，棉袄是祖母一针一线缝制的，带着她老人家深深的牵挂。由于我自幼手就不太灵便，细心的祖母便将上面的纽扣都换成按扣，只要将那凸起处朝凹陷处一按就可以了，这也是一份无微不至的母爱。祖母缝制的棉袄守着我慢慢长大，陪着我直面北风、抵御寒冷，最后战胜人生的严冬。无论走在何地，那身棉袄总能裹住心头的温暖。

在故乡的冬天，祖母时常会烧上一大锅粥，或是南瓜稀饭粥，或是山芋豆子粥，这粥又稠又香，而且粥锅从早到晚都在炉子上放着，偶尔能听到锅里“咕嘟咕嘟”的声音，祖母隔段时间就会往锅里加点水，生怕熬干了。每每从冷冷的外面回来，一脚踏进屋，一手拿起碗，盛上一碗香甜的粥，三五口下肚，顿时就能感觉浑身都是热乎劲儿，用现在的话讲便是，感觉美美哒的！

故乡的冬天陪伴我走过了九年的学习生活，要说最难忘的时光，还当属初中那三年。那时，冬天的教室里只有一个炉子，我们称之为“憋了气”。这对于当时的我们来说已经很不错了，只要那“憋了气”一发威，教室里的春天立马就来了。怎么能让这“憋了气”发威呢？其中确实还真有点小门道。“憋了气”一般都放在教室的后面，老师会专门安排临近的几位同学负责看管，并把添炭的时机及数量详细地告诉他们，可以称得上“‘憋了气’使用小培训”。学到手的那几位同学可神气得很，他们凭借着这一绝活就能在同学面前炫耀，其他人想靠近“憋了气”，都得经过他们的“批准”。若是哪天教室里不怎么暖和了，老师就会问：“今天咋回事？”他们几个就会争先恐后地跟老师打小报告，“谁谁谁没经过允许动了‘憋了气’……”一时间，引得同学们哄堂大笑。如今，我在“憋了气”跟前还是一个外行人，不过回头想想，那些记忆倒是挺熟悉的。

冬天的确是冷的，但冬的记忆却总是暖的，每每想起身在故乡的冬天，想到冬天里的人和事，心就一下子热乎起来，许多的情和爱也会顺势迅速升温，我想这便是一种神奇的感应吧！

书院路上的那些事

南阳古镇上的路倒也不少，大大小小，长长短短，但有名的还真不多。镇上的书院路不一般，又名南阳的古商业街，可以说，到访南阳的八方来客大都走过书院路，我家也在这路上。

关于书院路名字的由来，我查阅了相关史料，并未找到相关记载。据说，康熙当年来南阳微服私访时，就曾多次漫步于此路。这路上，有康熙吃满汉全席的地方，也有他下榻之处，还有他的别院。遥想当年，康熙边走边看，边访边聊，每一步都有浓郁的书香……我想书院路的由来，也不过如此吧。

笔直的书院路大致呈东西走向，疙疙瘩瘩的青石板交错衔接，两侧的商铺林立，住家依次分布。路上人来人往，乡音浓郁，吆喝清亮，白天极具生气，夜晚颇为祥和。有道是，“山不在高，有仙则灵”，而路不在长，有趣则妙……在此，我们就自西向东，从头说起。

丁字路口俗称“坝窝”，这里有一家烧饼铺，从我记事起，他家就做烧饼，我们南阳人称之为“打烧饼”。他家的烧饼层层叠叠，外焦里嫩，油盐芝麻都恰到好处。一个铁皮炉，常年炉火不灭，一锅烧饼香飘一路。赶上南阳的旅游旺季，你嗅着香味去买烧饼，都不一定能买上。

隔两家，是关家的香油磨坊，这里才香哩！关记的香油、麻汁，享誉十里八乡，无人不竖大拇指。我小时上学放学都要经过关家，经常看见那电动的磨盘“吱呀吱呀”地滚动，香油、麻汁滴滴答答地流个不停，那浓香直接霸占人的所有口水。夏天吃个麻汁拌黄瓜，冬天来个香油鸡蛋茶，别提有多带劲了。

往前就到了马家过去的剃头铺，我称呼理发师为“大爷”，过去经常跟着我的祖父在此理发，多年都留平头。剃头铺里的故事才多呢，拉家常、侃大山、“骂大会”，剪头常在笑声中开始，又在笑声里结束，一个段子仿佛在头上绕来绕去，我时常听得云里雾里，摸不着头脑，但觉得可有意思了。很多人来这剃头铺并不只为了剪头。

剃头铺紧挨着王家的馒头房，王家的馒头在镇上绝对是首屈一指的。卖馒头，这可是起五更睡半夜的活儿，虽说有机器代劳，但要想做好吃，人力也是少不了的。到了饭点，只见大包小包的馒头从他家拎出。

馒头房东临民族饭庄，老板一家都是回民，其拿手菜之一就是孜然羊肉，味正、香浓、解馋，不少人都慕名而来。早些年，这里曾是马家的旅馆，当年的二层小楼在镇上绝对是数得着的，个个房间收拾得整整齐齐干干净净，出门在外的旅人常暂居于此，特别热闹。过去，我还曾与他家的孩童一起玩耍，弄乱房间是要遭到责备的。

民族饭庄的斜对面就是当年康熙的御膳房。相传，康熙帝曾在这里吃过一顿满汉全席，席间共有136道菜，满人与汉人同桌不同席，满人吃满人的口味，汉人品汉人的佳肴，吃得和和睦睦其乐融融，皇帝赐名“和合居”。我小时候，这里还是杨家的汤馆，杨家的鱼片酸汤可是家喻户晓的，汤汁浓郁，鱼片湿滑，丸子劲道，着实叫人一饱口福。

与这里相隔不远就是我家。家里三间门面，三代经商，曾祖父开杂货店，祖父开文具店，叔父如今还在经营日用百货。家里祖上就开始腌制松花蛋，各种配料都要精确到一丝一毫，各道程序都得压茬交接。我家的龙缸松花蛋也小有名气，蛋体晶莹剔透，蛋黄软糯可口，印上去的松枝图案依稀可见，全国各地的顾客都曾慕名来买。

我家对门是马家的酱园子，过去以经营各种调味品为主，也是有年月可数的老店。说实话，我是闻着他家的调料味长大的，那时一去他家找小伙伴玩耍，就会经过他家院落里的大缸小缸瓶瓶罐罐，里面全是各种各样的调料，醋酸、酱香、辣椒酱冲，每一种味道都令人记忆犹新。当年，还见过他家酿制黄酱，一个个馒头疙瘩经过晾晒、霉变、发酵等流程，假以时日，就变成香喷喷的黄酱，你说神奇不？

沿着书院路走几步，就到了“高台子”，这里是马氏中医的所在地。无论是在我们当地，还是在十里八乡，马氏中医都颇具威望，更有患者千里迢迢赶来寻医问药。马氏中医可谓中医世家，妙手回春、药到病除、医术高明，口碑为证，确实不一般呀！

往东走一段，就到了老“采购站”，这里也曾名震一时。旧时，全镇各家各户打草包、搓的草绳都会拿到这里来买，过秤的、数数的、记账的，其繁忙热闹可见一斑。后来，这里又开始收荷叶、莲蕊、虾笼子等，毫不夸张地讲，这里就是南阳镇经济发展的风向标，这里收啥，老百姓就干啥，这里有啥政策，乡亲们就准备啥……那年头，不知道采购站的人可没几个。

再往东走就到了顺河村，一间间民房面朝大运河、背靠东庄台而建，或大或小，或高或矮，或新或旧，一直延伸到河湖的交汇处。

这一路，说长不长，说短也不短，走完最多需要二十余分钟，而聊上这一路就至少要大半天时间了。而我所知不过皮毛而已。百闻不如一见，百见不如一走，你可以边走边寻、边寻边问，热情好客的南阳老者都会不厌其烦地跟你聊几段书院路上的故事。

喝茶的那些事

我喜欢喝茶，但却是个地地道道的茶盲，于我而言，茶叶的优劣取决于茶汁的浓淡和冲泡的次数，这显然是外行人之谈，尽管如此，也不影响我做一个爱茶之人。

说到喝茶，就不得不先说我的祖父，因为我的茶瘾与祖父有关。我自幼跟随祖父母生活，在衣食无忧的环境下长大，最初喝的茶叶几乎都来自祖父。我的祖父颇爱喝茶，尤其对龙井茶情有独钟。令我印象最深的是，祖父早饭后必须泡一杯茶喝，他老人家喝茶没有什么太大的讲究，只要求两点，其一茶叶要中意，其二要用刚开的水冲泡。

最开始，祖父都是亲自泡茶，茶叶的多少要自己把控，像是信不过我们，而我从小就喜欢看他泡茶，总想着能从中看出点门道来。当将刚从炉子上提下来的开水冲入杯中时，茶叶便一下子浮了起来。慢慢地，杯中的茶叶依次绽开，自由旋转，紧接着茶色渐浓，茶香四溢。后来，祖父大概是信得过我了，偶尔会将泡茶的任务交给我，我当然如法炮制，不敢有丝毫的马虎。于是，给祖父泡上茶后，他常常让我也给自己泡一杯，茶瘾也就由此而生了。

当杯中的茶叶稍稍落下，祖父便拿起杯子，轻轻地在杯口吹上一吹，而后就迫切地抿上两口，动作的连贯可见他对喝茶的偏爱。半杯茶水下肚，祖父的脸上便泛起了红晕，整个人都显得神清气爽。这时祖父往往会点上一支烟，舒缓地吐着烟圈，惬意地享受着茶的味道……喝茶时的祖父最慈祥，一改平日里的严厉，不可否认，给祖父泡茶是逃脱他严厉训斥的最好方式。

时光荏苒，我也已喝茶多年，家中摆满了大大小小的茶盒，各种茶也都有点。我喜欢龙井的香醇，也喜欢铁观音的浓郁；我喜欢绿茶的清爽，也喜欢花茶的甘甜。我喜欢在写作的间歇喝茶，茶水有助于打开更为宽广的思路；我喜欢在心烦意乱时喝茶，茶水能够稀释化解许多的忧虑；我喜欢在旅途中喝茶，茶水熟悉的味道最能让人摆脱异地的孤独……不知怎么回事，而今喝再多的茶也喝不出当年祖父茶叶的味道！

都说茶品亦如人品，无论身处什么样的环境都不要忘记自己的本色，在起起伏伏中找清自己的位置，情浓而不浊，心专而不偏！我的确再也无法喝出当年祖父茶叶的味道，但我渐渐喝出了生活的味道，人生的味道……

喝茶真的挺好，泡茶可以将那记忆冲开，将这心绪摇匀……

剃头的那些事

众所周知，农历二月初二是个剃头的好日子，在我老家南阳镇也是如此。龙抬头之时，人也在抖擞精神抬头向前，这不仅是图个吉利的事情，而且还关乎一种信念。曾有几年，老家的剃头铺在二月二这天都是人头攒动的，在那一个个不大的剃头铺里，坐着站着等着盼着的全是人，他们并不在意要等多久，但凡能在二月二剃上就好，以至让平时渴求生意的剃头师傅们都会顿生幸福的烦恼。二月二剃头，小孩要从头开始，大人将出人头地，这也是质朴的南阳人世世代代的生活夙愿。

小时候就听大人们嘱咐，“无论如何，正月里都不准剃头”。我曾为此纳闷了许久，百思不得其解，还问过大人好几次，但都被一句“小屁孩问那么多干吗”给搪塞。后来我在书籍上偶然翻到相关解释，原来民间流传着这样一句老话，“正月不剃头，剃头死舅舅”，此话也演变成一种习俗，最早源自清朝时期颁发的“剃发令”。据说，当时清朝廷强迫汉人学满人的样子，剃头留辫子，此番变革惹恼了汉人，遭到汉人极力反对，于是有了“宁为束发鬼，不作剃头人”的说法，进而有了“正月不剃头”之说。然而，最初“正月不剃头”对应着“思旧”的说法，但不知被谁传成了“死舅”，以讹传讹，于是就成了“正月不剃头，剃头死舅舅”。

老家水域广陆地少，以岛为镇，镇上的行当不多亦不少。听老人们讲，过去镇上还没有剃头铺，只有走街串巷的“剃头挑子”。那时的镇上也就两个剃头师傅，他们挑着扁担，扁担的一头是热气腾腾的烧茶水的炉子，另一头则是剃头师傅干活所要用到的家伙什，这也是歇后语“剃头挑子一头热”的由来。剃头挑子往哪里一放，就会围上一圈人，男女老少，熙熙攘攘，剃头师傅一落脚就要干上几个钟头的活，剃头的、刮脸的、剪辫子的，一个接着一个。那时候，剃头师傅用的还是手工推子，不用电，类似剪刀，“咔嚓咔嚓”的。剃头师傅给人洗头用的是碱，不起沫，不留香，但能去灰尘、去汗臭味。

我记事起，南阳镇上就已经有了剃头铺，离我家不远的地方就有一家，剃头师傅是我本家的大伯。儿时，我经常跟祖父去大伯那里剃头。剃头铺里有一个看似“伤痕累累”的转椅，估计是二手的，转椅不仅可以旋转，靠背还能前后收放，带给南阳人前所未有的享受。祖父每次剃完头，几乎都会让大伯再给他刮一刮脸，这时的转椅就被放平了，形似一张床。我曾多次见过祖父刮脸时的样子，那舒服劲无法言表。大伯先要洗一条热毛巾，半干半湿地焐在祖父的下巴上，然后打开那把扁而长的刮脸刀，在油光发亮的皮带上来回蹭几下，拿掉热毛巾，再在下巴上涂一些不知名的白色膏子，紧接着刮脸刀便在下巴两边游走，一撮撮胡须随之落下。其间，转椅上的祖父面色红润，眯着眼，打着鼾，大伯那一声“好嘞”落下，祖父才慢慢地起身。那年头，走出剃头铺的老年人若是碰见了老熟人，彼此还会愉悦地“骂”上几句，俗称“骂大会”，常常逗得一街四邻哈哈大笑。

我第一次让那大伯剃头的时候，既紧张又害怕，祖父还在一旁监督。当时已经时兴电推子，大伯那个电推子“嗡嗡嗡”的，时不时夹杂几声“滋啦滋啦”的声响，令我害怕极了。那些年，我都是一成不变地留平头，祖父不止一次地告诫我：“留平头显得精神正派，别学那些留长发的小孩，不三不四不正经。”此去多年，我都一直保持着平头的发型，甚至常年坚持“非大伯不剃头”的做法，直到工作后才换成了“毛寸”，但始终坚持留短发，坚持老家的观念。

说实话，剃头绝不是什么小事，无关乎花钱多少，而是剃头所带给人的由外及内的改变。人在县城也已经十多年了，每个月都要剃一次头。只要认定了一家剃头铺，我就不会轻易变换，这的确是一种只可意会的情结。如今，每每走进异乡的剃头铺，我就会禁不住想到头顶上的几多风风雨雨，顺便再从头捋起老家剃头的那些事……

老故事

每当夜深人静辗转反侧的时候，我就会不由得想起老家的老故事。想想那年那人、那事那情，总觉得有滋有味。那晚，我忽然想到曾祖父母当年居住生活的老屋，渐渐重拾起那些懵懵懂懂摇摇晃晃的记忆，以至内心充满炽热的光。

曾祖父母的老屋紧挨着我家，据说至少得有三四百年的历史，房体是老砖老瓦的，墙皮是黄土茅草的，历经岁月沧桑，饱受风雨洗礼，让人一看就知道是老祖宗遗留下来的。老屋临街的是三间门板房，大小门板共有十多块，哪块放在前哪块搁在后都是很有讲究的，看似不起眼的一块块，连起来便是一道坚不可摧的屏障，经受住兵荒马乱的年代，护佑一家老小的平安与周全，古人的智慧确实值得敬畏。

门板房背靠一间大屋，这间大屋就是曾祖父母的住所，屋内铺着墨黑色的方砖，砖长约二十公分，厚度也有七八公分的样子，俗称“八砖”，相当于现代的地板砖。而偌大的屋子内只有两个小方窗，窗子上糊着泛黄且布满灰尘的纸张，透过窗子照进来的光线屈指可数，因此这大屋整天黑漆漆的，常年搭配着一盏二十五瓦的白炽灯。大屋门外是过道，过道呈“L”形，依次是做饭、堆放杂物的地方，还有一个采光极佳的天窗。过道的拐角处有一扇门，俗称“二门子”，隔两步还有一扇门，我们称之为“后门”，后门面向蜿蜒千里的京杭大运河。

听家里人讲，曾祖父母也是经商大半辈子的生意人，多年经营着布匹和五金杂货的买卖。我们老屋的位置极佳，算得上是镇上的“黄金地段”，在这里做生意自然容易许多。曾听说这么一件事，临近年节的一天傍晚，曾祖父母店里来了一个“不速之客”，扛起店里的半捆布匹就往外跑，曾祖父带着家里两个刚成年的孩子在后面追，一直追到那人家里。见到我的曾祖父等人，那人吓得两腿打战，一副可怜巴巴的样子。曾祖父了解后得知，那人家里穷得叮当响，一家老小食不果腹、衣不蔽体，想着过年给年幼的孩子添件新衣服，买不起布，就只能“抢”。曾祖父到底是个心肠软的人，不仅没有打骂那人，而且还给了布和钱。自曾祖父做生意开始，家里就坚持“穷则独善其身，达则兼济天下”的思想，无论做什么买卖，在镇上都有良好的口碑。

当年，曾祖父母做饭都用一口地锅，地锅小巧精致，正好就在天窗下面。我记事时，他们老两口还用那口地锅做饭，锅里常炖小草鱼贴锅饼，锅下常烧苇子。偶尔，曾祖父还会煮上一锅香辣田螺，我们都把田螺叫作“乌喽牛”，每每听到“哗啦哗啦”的声响，就知道田螺马上要出锅了。隐约还记得曾祖父的那句顺口溜，“草鱼头，乌喽牛，吃着想着口水流”。春夏时节，曾祖父经常会打开后门，搬着那把油光发亮的竹椅子，在二门子旁边端着碗坐在椅子上吃饭。老人家吃鱼很在行，再小的鱼刺都能漱出来，鱼刺漱得干干净净的，令那只爱吃鱼的小花猫可怜巴巴的。曾祖父一顿饭要吃老长时间，常常是边吃边看边聊，瞅见熟人从后门路过，就会招呼进来聊上一番，聊到动情处就会朝人感叹，“大兄弟啊，人一老就不中用了，处处都得指望旁人了，养儿防老啊！”

后来，年过古稀的曾祖父曾不慎滑倒，摔伤了胯骨，以至常年卧床，几个儿女轮流照顾。我的小叔当时刚刚二十出头，照顾曾祖父的日子居多。那时候的我也不过六七岁，还是一个捣蛋鬼，时不时就跑到曾祖父床前调皮一下。我记得曾祖父这样哄我：“咱河岸上有个钓鱼的小老头，天天钓大鱼，不信你去看看，跟小老头要条大鱼，回来让奶奶给你炖鱼吃。”我曾去河岸看过好几次，哪有什么小老头，哪有什么大鱼。我二爷爷一家当年以捕鱼逮虾为生，二爷爷会用竹条编虾笼子，照顾曾祖父的闲暇之余就会编上两个，若是赶上我去捣蛋，编好的虾笼子就会被拆得七零八落。我二爷爷从未训斥过我，但曾祖父瞅见后却会骂我两句：“小败家子，现在是这样，以后能成个啥，你个小败家子！”曾祖父临终前还指着窗户对我说，“你看，那小老头又来了，就在咱河岸上，马上就要钓大鱼了！”

时光荏苒，时过境迁，一晃过去二十多年。由于种种变故，曾祖父母的老屋最终还是没有保住，经拆建后成了新式仿古门面房。情有所牵，心有所念，记忆总会悄然重现。尽管老屋已经远去，但老屋里的故事始终都在，要知道老故事的根须扎得很深很深，只为年年在人间枝繁叶茂！

荷 事

每逢夏日，我都会写一篇荷，不由自主，也是情有所托。尽管写了那么多年的荷，但还是说不完、道不尽，总有太多需要描摹的轮廓，也总有太多需要填充的颜色。写荷，我是一个实打实的强迫症患者，较真而又执着。

老家有湖，湖中长荷，荷间曾有个我。时光如梭，多年后的我在异乡登岸漂泊，而荷还在原地乘风摇曳。对荷，我确实是有一种情结，深厚又特别。

依稀记得，儿时在祖母怀里听到的传说，那也是荷第一次闯进我的心窝。相传，荷花是美女玉姬的化身，而玉姬曾是王母娘娘身边的一个侍女。有一次，玉姬看到人间的男女成双结对，心生羡慕，于是动了凡心，后在河神女儿的陪伴下偷偷下凡来到人间，在西湖岸边流连忘返。王母娘娘知道后十分恼怒，于是用莲花宝座把玉姬打入湖中，且让湖中的淤泥牢牢地将玉姬困住，使之永远不得再登天界。

还记得祖母常常念叨的那句话："以后能找个荷花一样的媳妇，那可是咱们莫大的福分，荷花不光有漂亮的脸蛋，而且还有一颗善良的心。"

八岁那年，我第一次去寻荷，而且还带着从市里来的表哥。当时年幼无知，做事毛手毛脚。那次毫无准备，仅凭旁人随口的一句话，我便带着表哥到离家不远的"南店子村"寻荷采荷。我们在村中的一片沼泽地里的确望到了亭亭玉立的荷花，于是就急不可待地奔荷而去。可想而知，我们俩不但没采到荷花，反倒先后陷入淤泥当中，谁料越挣扎就陷得越深，最后才勉强挣脱泥潭。这次寻荷很不愉快，荷是人说采就采的吗？时隔多年我才明白，荷确实很高贵，出淤泥而不染，濯清涟而不妖，只可远观，而不可亵玩焉。

高三那年，我们第一次在南阳湖中偶遇荷花。那时候，我们南阳镇的学生几乎都在临近的鲁桥镇读高中，赶上月休时，都有船来接送。盛夏的一个周末，我们一块坐船回家，大伙没几人待在船舱里，大都坐在舱门外乘风。就在大湖的一个转角处，我们遇见一大片争奇斗艳的荷花，红的白的、高的矮的、立的躺的，令人目不暇接、眼花缭乱。说来也巧，我们在这荷塘里看到了老同学的身影，她高二辍学，跟着家里人劳作。当时，她正跟着父亲打荷叶，父亲用竹篙撑船，她在船头蹲着采荷叶，这也是南阳人当时谋生的一种方式。从此，我深深地记住了她晒得通红的脸蛋，记住了荷花在夏日里的美颜，尽管匆匆擦肩，但心头却泛起波澜。

前不久，我在县城的小新河边看到了荷一样的影子，小荷才露尖尖角，但却没发现立上头的蜻蜓，因此不敢断定那就是荷。城与乡离得不甚远，河与湖处处相通，哪怕城里的荷摆脱了立在乡间的宿命，也改不掉根植淤泥的赤诚，就像我一样。

这些年里，我去过不少地方，看过许多荷。大明湖的荷亭亭玉立，白洋淀的荷一望无际，西湖畔的荷婀娜多姿……太多的荷闯入我的记忆，但多数都没有留下痕迹，只封存了些许不可告人的秘密。

“接天莲叶无穷碧，映日荷花别样红。”又是一年夏，又是一季荷，我爱荷，且偏爱同根同源的乡荷。

歌 声

不禁要说，老家就是一首耳熟能详的歌，每每乡愁响起，老家的声音就会萦绕耳畔，叫人禁不住沉醉其中。老家地处湖区，周遭的一泓泓碧波护佑着一个个小岛，尽管交通不便，但歌声来去自由。在那些恍如洪流的光阴里，一段段旋律踏浪而来，又随波而去，路过我家门口时，我就悄悄记了下来。

那应是 1995 年的夏日，当时我还是个走路摔跟头的小屁孩。记得有这样一个童话般的傍晚，夕阳西下，晚风习习，渔舟唱晚，祖父领着我在屋后的运河岸边溜达。不知何时，一段曲子萦绕在耳畔，“西边的太阳快要落山了，微山湖上静悄悄，弹起我心爱的土琵琶，唱起那动人的歌谣……”当时我还不知道微山湖在哪，更不知这歌曲当中蕴藏的战斗故事，只觉得这歌既中听又上口，以致后来学着哼唱起来。那个年岁，唱这首《弹起我心爱的土琵琶》的老者还挺多，常见他们出现在河岸的各个角落，或哼或唱，或走或坐，起初我还不懂什么是信念，也不知什么叫作情结。

1997 年秋，我跌跌撞撞地迈入了小学的校门，后来才知道这也是永久载入史册的一年。这一年最震撼人心的大事莫过于香港回归。那时老家还流行卡带，小小的录音机还是家里的大物件。“让海风吹拂了五千年，每一滴眼泪仿佛都说出你的尊严，让海潮伴我来保佑你，请别忘记我永远不变黄色的脸……”那一年，《东方之珠》的唯美旋律从大街小巷的录音机里传出，脍炙人口的歌词被青年男女一遍遍地传唱，进而形成一幅幅鼓舞人心的画面；那一年，不知多少憧憬外面世界的乡人伴着《东方之珠》的曲子眺望远方，眺望香港的赤子模样，眺望祖国的繁荣富强。

1998年，《水浒传》在电视上热播，我记得当时老家才刚刚时兴彩色电视机，而且好不容易通上了闭路电视，逐渐摆脱手摇天线的苦恼。98版的《水浒传》在老家也风靡一时，让人记住的除了那一个个鲜活的历史人物，当然还有那一曲荡气回肠的《好汉歌》。“路见不平一声吼哇，该出手时就出手哇，风风火火闯九州哇……”说实话，我有时看《水浒传》不是为了看剧情，而是为了听主题曲，刘欢老师一开口，那股豪情便荡然于胸，别提有多来劲了。那几年，《好汉歌》在老家的反响相当大，街坊邻居拉呱时都不忘掺上两句歌词助兴，酒过三巡的人更会连唱带编地来上一段老家版的《好汉歌》，绝对叫人听得如痴如醉。

时光荏苒，歌声不断，一首首金曲慢慢融入乡人的心田。还记得那首被父辈们唱得热血沸腾的《我的中国心》，字字句句都带上湖区儿女们的深情；还记得那首被我们搞笑改词的《大花轿》，愉悦了我们那一代调皮捣蛋的孩子；还记得那首被祖辈们拍手称赞的《常回家看看》，让不少在外务工的儿女顿生念家思亲之情……那些年里，流行乐悄然唤醒了对老家的热忱，让一拨拨面朝河湖的乡人开始了大胆而又勇敢地追逐，有人在战歌里追求梦想，也有人在情歌中追寻幸福；有人在歌声中走南闯北，也有人在曲子里落叶归根。

如今，我也成了背井离乡的游子，不再蹲守在老家的门口等候歌曲的播放。只身在外的这些年，耳边的歌曲太过混杂，有时候真的分不清理还乱。然而，每当夜深人静辗转反侧的时候，耳畔就会有一段段从老家传来的歌声，这歌声是乡水的波涛声，是巷口的吆喝声，是亲人的召唤声……尽管歌词朴实无华，但曲子却是那样优美动听。

蓦然回首，老家的歌声从录音机中飘过，又从电视机里传来，从唇齿之间滑落，又从内心深处扬起。说到底，老家的歌声有着超乎人想象的磁性！

眸　子

蓦然回首，总会在异地他乡望到老家的影子，也总会在踽踽独行的路上发现一双双始终瞅着你的眸子。常言道，“眼睛是心灵的窗户”，老家的眸子明亮又活泛，诚恳且温情，不仅镶在乡人那淳朴的面孔上，而且也嵌于宠物那小巧的脸庞上。当用一双眸子映出了另外一双眸子，我突然想起了家中曾经饲养的那些宠物。

家里曾有一条叫“豆豆”的小白狗，当时是专门托姑妈在济宁市里买来的纯种京巴。相较于那些身高马大的家犬，我家的这条小狗曾在南阳镇上轰动一时。讨人喜欢的不只有豆豆的小巧，还有它那双灵动的眼睛。豆豆喜欢趴在人堆里，听到有人说话便会扬起它的小脑袋，眼睛会随着话语声一眨一眨，眸子里放射着一束束变幻的光，时而呆萌可爱，时而天真无邪。记得当年，家人把物件落在了运河岸边，怎么都找不着了。后来豆豆或是看懂了家人的心思，于是用嘴扯着祖母的裤脚就往运河岸边跑，当时我们都还诧异，直到看见失而复得的物件时才恍然大悟，这家伙果然是有眼力见儿啊！

家里曾养过一只家猫，名叫“小花”，其实它是一只纯黑色的猫。当年，家里的老鼠为非作歹，大白天就在堂屋里肆无忌惮地乱窜，丝毫不把我们放在眼里，这也是我们养猫的主要原因。别看小花是一只母猫，它其实勇猛得很，米黄色的眸子里充满了杀气，时常都有狮吼般的叫声，一度令那些老鼠们闻风丧胆。每到夜晚，小花就会主动出击，要么守株待鼠，要么闻声而动。深夜里，我偶尔会发现小花那双发光闪亮的眸子，犹如两个高能的小灯泡，照亮了夜的黑，照到了鼠的贼，时不时还会叫人猛一激灵。

家里曾有两只俊俏的黄鸟，分居在大院悬挂的两个竹笼子里。祖父特别喜欢黄鸟，因此家里的黄鸟始终享有极高的待遇，焦黄的小米粒是它们的常备粮，香喷喷的鸡蛋黄隔三岔五为其补充营养，那些年这两只鸟令我羡慕得不得了。要说这黄鸟的魅力所在，祖父热衷于它们清脆的叫声，而我偏爱它俩的眸子。黄鸟的眸子圆溜溜的，相当活泛。盛夏时节，祖父经常会往笼子里塞两个切开的鲜辣椒，黄鸟一啄辣椒便开怀地啼鸣，别提有多起劲了。每每鸟啼，都会伴有眸动，那一颗颗比米粒大不了多少的眸子在辣劲下转个不停，令人看得天旋地转，看上一会儿，就像喝了二两白酒。

身在老家的年月里，那一双双眸子与我朝夕相伴，看着我调皮，瞅着我淘气，瞧着我的玩具，瞄着我的美食，从来都不言不语，从来都暗藏秘密。后来，我离开老家，那一双双眸子开始与我若即若离，时而近在咫尺，时而又遥隔万里。不得不说，我在近在咫尺的日子里奔家而去，又在遥隔万里的光阴中逐梦他乡。

时光如梭，那一双双眸子紧贴着老家的日月，在光辉里突出，又在昏暗中凹陷；时光如梭，那一双双眸子紧追着我，驱赶我的悲伤，寻觅我的快乐；时光如梭，从一见如故到相视无言，从不期而遇到不辞而别，眸有所惑，眸又有所说。

而今，那一双双眸子悄然重叠，重叠成老家的一双望眼，继续望我，忘我，旺我，总是如此的含情脉脉……

船上澡堂

那日回乡，祖母告诉我故乡近来又有了新变化，家南边的油菜花竞相开放争奇斗艳，着实给我们水乡增添了生机与活力。饭后，沿着离家不远的牌坊街漫步，晨光明媚，脚步轻快，光滑的石板路上映射着那些不可名状的少年时光。

走到当年的中学后门，就能隐约嗅到芬芳，这些芬芳虽明显地异于荷香，但不乏荷的韵味，可想我们水乡的神奇。驻足在小铁桥上眺望，望到一根根绿茎前簇后拥，望到一朵朵黄花左摇右摆，望到一只只彩蝶纷至沓来。蓦然回首，一艘似曾相识的水泥船吸住我的目光，牢牢不放，摇曳于脑海里的油菜花一下子搁浅了，进而是铺展开的回忆，是最熟知最贪恋的老模样。我实在禁不住地叫出了声，“南阳湖里的船上澡堂！”

水泥船是家乡历史的一个注脚，介于木质船与铁壳船之间，兴于二十世纪九十年代。这艘水泥船约十米长，宽度能有三四米，船头有两个并排的挂桨机，船身支起两层平房式的船舱，船尾堆放着粗实的缆绳和锚头，一支长篙斜插在岸边，别住了历经风浪的船体，也别住了匆匆忙忙的岁月。

尽管无法求证，但是我敢肯定这艘水泥船最初也是走南闯北的水乡货运主力军。早些年，跑船的光景很好，不少家乡人都因此发了家。然而，此一时彼一时，水泥船逐渐地被铁壳船取代，跑船的行情也大不如以前，于是就有了船上澡堂。不可否认，船上澡堂的生意曾火爆一时。

在我十一二岁的时候，第一次听说船上澡堂，当时船上澡堂很新奇，绝对不亚于刚时兴的地下超市。盼着入冬，盼着洗澡，盼着上船，千盼万盼终于如愿了。初次去，我还突发奇想，是不是在那偌大的船舱里洗澡，去了才知道，这澡堂设施齐全，可谓是麻雀虽小五脏俱全。置身船上澡堂，人在池中，池在船中，船在水中，一动皆动，晃晃悠悠，飘飘欲仙，这感觉绝不是哪个澡堂子都有的。

那时候，但凡家里停电就想着去船上澡堂洗澡，因为那船上自备发电机。夜晚的牌坊街通常是黑灯瞎火的，而船上澡堂却灯火通明，经常听到那发电的柴油机声混杂在熙攘的人声当中。在一个停电的夜晚，船上澡堂绝对称得上另外一个世界，进入便懒得出来。洗完澡后，在床铺上一躺，跷着二郎腿，优哉游哉。船上偶尔会用 VCD 播放影片，尽是那些功夫武打片，每每都叫人从头看到尾，精彩绝不能错过。若是赶上澡堂老板在船上的时候，澡堂还给免费为人提供茶水。那用冰糖加大红袍焖出的茶水令人贪恋不已，可谓愈饮愈醉，愈醉愈不想回。

在外地求学的那几年，念念不忘的事情中就有去船上澡堂洗澡，经常都是凑着回一趟老家再洗澡。记得，还曾跟室友们吹捧，把我们的船上澡堂说得出神入化，甚至让室友连连发问，“是真的吗？”上高中二年级的时候，曾带一位同学专门到船上澡堂洗澡，从始至终，同学都直说，“感觉晕晕乎乎。”到现在我也没弄明白，同学到底是晕澡堂还是晕船，抑或是晕湖……

时光荏苒，时过境迁，船上澡堂逐渐地淡出了人们的视线，可它依旧停靠在南阳湖的岸边，停靠于一代人的心畔。真想问问，那些年身上的灰尘汗臭都去了哪儿？身上的心浮气躁又都去了哪儿？我想应该去了大湖，去了海纳百川的南阳湖。

进城后的这几年，我发现虽然城里的澡堂设施更为完备高档，但再也洗不出当年的那种感觉，尤其是人在船上澡堂的那种爽。再次路过已无人问津的船上澡堂，依旧能够感觉那堂子里的水雾，这水雾顷刻间便将眸子打湿，乃至让人久久的泪眼蒙眬！

我的母校

说起母校，便会想起自己的学生时代，想起那些背着书包上学、放学的时光。现在想想，有学上、有书读的日子多么幸福啊，可那时怎么还会有逃学之类的事情发生呢？

我在南阳古镇读了十年的书，可谓是“十年寒窗”，先后就读于四所学校。我上学时，湖区的教学水平已经有了明显改善和提高，曾听说南阳镇出过不少高才生，甚至还有学子最终考上了名牌大学，着实令人羡慕不已。蓦然回首，古镇上的母校始终温暖着我的学生时代，是我成长路上的灯塔，也是我人生旅途的伴侣！

（一）我的幼儿园

1996年秋，父亲去世的第二年，祖父母便把我送进“育红班”，我的命运也由此改变。那时的“育红班”就是后来的学前班，现在又叫作幼儿园。当时古镇上只有一个“育红班”，在大礼堂的后面，我记得当时是三间砖瓦房，房子也没有什么特点，就是南阳人二十世纪九十年代常盖的房子，但不得不说那房子冬暖夏凉，以至于让我的童年记忆里没有过受冻挨热的经历。教室里的课桌是一排排的，而且每一排都紧密地连在一起，色彩斑驳且光滑无比，在我们使用之前不知已经陪伴了多少孩子。教室里有一块破旧的黑板，模样相当狼狈，缺这少那，黑板上最常写的就是“十以内的加减法”，最常画的就是太阳和花朵。

那时，“育红班”的吸引力远不如大礼堂，不知有多少想上“育红班”的孩子都是奔着大礼堂来的，反正我是这样的。大礼堂里有什么呢？大礼堂里其实并没什么，它就是一个大会堂，甚至可以说它是我们南阳人的群众大舞台。别看大礼堂平时安安静静的，只要一有活动，那可要惊动半个南阳镇的，像城里来唱戏的、镇上组织会演的……但凡大礼堂一有动静，就别想让“育红班”里的孩童们老老实实地待下去了，一个个都像嗅到花蜜的蜂，踮起脚、扒着窗、睁大眼，绝不放过任何一个能够采到“蜜”的地方。

我在“育红班”待了不到一年，发的书本要么早早地没了踪影，要么就被弄得脏乱不堪，我不敢说自己在“育红班”学到了什么，但着实收获了许多快乐，且是那些童言无忌的快乐。

（二）我的小学

1997年，我心不甘情不愿地背起书包，跌跌撞撞地走进小学的校门，那时我还体弱，走路有时还摔跟头。那一年很特别，后来知道那是香港回归的一年。当时还流行卡带，随处都能听到“东方之珠”的歌声，我们时常都伴着这歌声走向学校。小学离我家很近，位于大人们口中的“南花园”，听说在集体经济时代充当过羊圈，后来成了学校，叫“南阳小学”，也常被人称为“红旗小学”。

南阳小学有一个大铁门，两面开，门上还有一个小门，门高最多一米，我们经常从那小门穿来穿去，门旁早已被我们磨得锃亮。我们的教学楼是两层的，两层小楼也成了当时南阳人的“高配”。教学楼不新不旧，是三个年级的学习场所，楼下是一、二年级，楼上是三年级。那时我们的操场很小，沙土地，地上的每一粒沙都沾上了我们儿时的快乐，我们曾在地上跳房子、玩琉璃球，甚至还疯过、打过。操场的一角是花池，花池里常年种着冬青，冬青里面包裹着几株月季，每逢夏天便有浓香传出，那花香里蕴藏着师者的芬芳。操场上还有一个小报栏，报栏里经常贴着泛黄的“小学生周报”以及那些画着我们童年的学生作品。

上了四年级，我又到了离家较远的“南阳镇中心小学”，该校位于大人们常说的“闸口”。“闸口”因小镇当时北头的铁桥而得名。中心小学的教学楼是三层的，在当时的南阳镇算得上高层建筑。我入校时，整个学校光彩亮丽，令人无比喜欢，尤其爬到三楼俯瞰楼下，就感觉可神气了！中心小学的校园相比南阳小学大了许多，我们三年中的各种活动都是在宽敞的校园里举行的，那场面、那回声、那感觉着实都令人留恋不已，最美的少年时光也都留在了那个阳光明媚的校园里。

上小学时，我的手脚还不甚灵便，最开始连字都写不到田字格里，有时气急败坏的我会撕本子、掰铅笔，每每到了学不下去的时候，我的老师和同学都会帮助我，我的母校包容了我，置身温暖中的我拯救了自己！

（三）我的初中

2003 年，我小升初，由此迈进初中的校园。我的初中是“南阳一中”，它的前身是一所高中，叫“微山七中”，再往前翻，那便是赫赫有名的“新河神庙”，其历史可以追溯到明隆庆年间。我上初中期间，有幸赶上校园里出土文物，相关部门从地下发掘并挖出了数块碑文，以及两三个鲜为人知的赑屃（俗称石龟）。那赑屃的个头挺大，足足有几千斤重，当时在校园里曾轰动一时，后来就一直放在办公楼前的一片空地上，令一波又一波慕名而来的游客叹为观止。再后来，南阳一中迁到新址，于是新河神

庙便回归其位，成了我们南阳古镇上有名的旅游景点。

初中的校园，令人印象最深的便是那炉渣铺成的跑道，那时的跑道还不太标准，一圈大约也就 200 米，我上了三年的初中，跑了三年的早操。“拼搏努力，永不言弃”“扬帆起航，劈波斩浪”“二班团结，破茧成蝶”……跑操时的口号我还记得这些，每每喊出口都激情澎湃热血沸腾，那口号能够惊醒黎明的繁星，能够打破校园的平静，能够托起心中的美梦。跑道中间有一个篮球场，球场两端是两个栉风沐雨多年的篮球架，场地是水泥的，别看简陋了一些，但在当时可是大伙争抢的“地盘”，我们课间去打球，放学也去打球，到周末还要排号去打球。不得不说，我的身体在那三年里逐渐地强壮起来，这为我走上残疾人运动会的舞台奠定了基础。

初中三年，曾为了逃避文言文而想尽办法，也曾为了热爱的数学而煞费苦心，曾在实验室里留下了手脚笨拙的自卑，也曾望着操场的星空许下来年中考的心愿……初中的母校陪伴了我的叛逆，抚慰了我的忧伤，点亮了我的梦想，让我在人生的转角遇见希望与信仰！

2006 年盛夏，我考上了高中，也因此走出古镇，成了往返于故乡与他乡之间的帆，古镇上的母校也悄悄地嵌入我的记忆，渐渐融入我的生活与人生。时光如梭，情感如昨，每次回归古镇的怀抱，都喜欢到母校转转，看一看昔日的自己，望一望今朝的希冀，总会不禁感叹自己幸运无比！

泥瓦匠

说到泥瓦匠，不少人都存在偏见，将其视为闲杂人员、混饭吃的，其实并非如此，尽管泥瓦匠比不了大国工匠，但也绝对称得上是社会的能工巧匠。

我知道泥瓦匠这个行当是在上小学五六年级的时候，那时的南阳人刚刚踏上追赶小康生活的道路，很多在外致富的人纷纷回乡翻盖房屋，泥瓦匠也由此忙活起来，他们成了镇上名震一时的“建筑队”，齐刷刷地让那一间间低矮的瓦房变成一排排漂亮的小楼，进而谱写了一代南阳人的记忆。

当时的泥瓦匠分为上工和下工，顾名思义，上工在上面负责码砖盖房，下工则在下面负责原料供应，两者不是上下级的关系，而是相互配合的好伙伴。不得不说，上工主要靠技术吃饭，房子盖得好不好全看他们手上的活，有些师傅看上去长得五大三粗的，手上的活可细着哩，一把专用的砍刀被使唤得游刃有余，说将砖头砍多大那就多大，绝对棱角分明，因此他们的工钱相对高一点。

下工也被称为“小工”，主要靠力气吃饭，搬砖运沙、和灰送料等杂活全是他们的，全凭人力，但光有一把蛮力肯定是不行的，否则不是累趴就是受伤。此外，小工干活得活泛，要随时留神上工们的所需所求，否则就会事倍功半，乃至耽误事。尽管小工不怎么显眼，拿的薪资也少一点，但他们对于建筑队的作用可大着呢！

在我看来，干泥瓦匠是非常不容易的，但凡有活儿，全年无休，春秋季节的天气相对温和一些，而夏冬时节则不然，尤其是炎炎夏日。儿时的暑假，我经常见到皮肤被晒得黝黑发亮甚至脱皮的泥瓦匠，不少男劳力都光着脊背在骄阳下干活。南阳镇的人憨厚朴实，不会偷奸耍滑，始终坚守着“出力挣钱心里踏实”的老理，接了活就抓紧时间干，早干完早了。那些年，南阳镇的生活条件还极为有限，一批人都被迫外出打工谋生，当时哪户人家若是有个泥瓦匠，那日子绝对过得有滋有味。

记得当年镇上有两个无所事事的单身汉，其中一个还染有偷鸡摸狗的恶习，被乡人厌恶地称为“二流子”。不知何时，两人被一个姓刘的工头招进建筑队，从此南来北往地干泥瓦匠。起初两人都很疲沓，整日无精打采的，后来硬是被工友们的一砖一瓦砸醒了，据说有一个还从下工干到上工，顺理成章地娶上了媳妇。

时光荏苒，我已离乡多年，在县城生活的日子里也经常能见到泥瓦匠的身影，而今他们被统称为“建筑工人”。这几年，县城四处又多了些高楼大厦，尽管机械操作在一定程度上节省了人力劳动，但终究还是离不开人力的，建筑工人挥汗如雨的画面依然随处可见。面对新时代，建筑工人们也在与时俱进，他们学会了机械化作业，学会了智能化操控，他们也在不遗余力地追逐着更高、更快、更强。

那晚，在附近的公园散步，看到几位衣衫褴褛的建筑工人坐在草地上干巴巴地啃烧饼，时不时瞅两眼手机上的信息……我沿着环形跑道漫步了许久，思绪也在脑袋里兜兜转转了好多圈，每次都能遇到他们，遇见那些似曾相识的画面。曾有人嫌弃建筑工人的身上脏，也有人盛赞他们的心灵无比干净，说到底，人在何时何地都不能忘形，更不能忘本！

船 夫

生在南阳镇，家住运河边，乡人常常以船代步，从小到大我可没少与船夫打交道，儿时听船夫讲走南闯北的故事，长大后跟着船夫离乡回乡。时光荏苒，一晃数年，船夫的样子深深地印在了我的脑海里，进而收入记忆的相册中。

二十世纪九十年代，那时我还是一个懵懂无知的孩子，经常与小伙伴们在运河边嬉戏，河上的木船居多，一支支竹篙撑着船有来有回，渔舟唱晚的生动画面总令人应接不暇。当时的船夫多为家里的男劳力，夏天裸露着脊背，冬时披着一件粗布夹袄。我印象最深的就是船夫撑船的样子，站在船头的船夫先把三四米长的竹篙举到一定高度，然后往河里使劲一撑，竹篙瞬时穿破了层层碧波，插入河底的淤泥里，钻进古老的历史中，就这样，船往前走，人朝前看，当时的船夫就这样撑起一个家。听我祖父讲，过去忍饥挨饿的那个年代，家里缺吃少穿，当时都撑船打捞菱角秧子，甚至是水里的杂草吃。打捞上来的东西在当时都是“宝贝”，是一家老小过活的重要物质，因此那一代人没有不会撑船的！

到了我上小学的时候，运河上还有许多木划子，小巧俊俏，轻盈无比。这出自我们当地造船匠的杰作，不仅被质朴的南阳人深爱了多年，而且也深受运河的偏爱。木划子只要下水，那碧波就忘情地漾了起来，发出了极为甜蜜的“哗啦哗啦”声。木划子的船桨（我们称“棹子”）分列在船舷的左右两侧，船夫通常坐在木划子的舱内，双手拿桨，也有左右手交叉后用桨的，而后便一前一后地把船划动了起来，我们称之为“棹船”。技术娴熟的船夫还能单桨划船，灵活得很！祖父在镇上开店之前曾在湖里收过几年“芡实米”，这又叫“鸡斗米”，他老人家整天划着船在湖里走村入户，披星戴月，栉风沐雨，把渔民的芡实米收到一起，然后再集中外销。祖父曾告诉我，湖里没有他未曾到过的地方，那一双棹子为他立下了汗马功劳，我家的日子也是从那时候起慢慢转好的。

进入二十一世纪，水泥船和铁壳船相继进入故乡的运河，挂桨机的使用进一步节省了人力，也对船夫提出一定的技术要求。每每发动挂桨机，船夫都要先用“摇把”将烧柴油的马达摇起来，这着实需要一把力气，尤其在天寒地冻的冬天。挂桨机的声响聒耳，黑烟四起，很不招人喜欢，如今想想，那些船夫真不易当。印象最深的是冬天里开水泥船的船夫，冬天湖里的北风就像小刀一样，船夫开船都是露天工作，每到数九时节，船夫就被冻得耸肩缩脑鼻涕横流，甚至会不住地牙齿打颤。在那些波澜不惊的日月里，载客的船夫早出晚归，装货的船夫走南闯北，乡人都把开船说成“使唤船”，这足以彰显船夫与船的特殊关系，只可意会，不可言传。过去，经常跟着祖父坐水泥船到鱼台县城进货，偶尔在等船开的过程中，听船夫讲上几段使唤船的故事。其实，多数的船夫都有历险的故事，不是赶上恶劣天气，就是摊上触礁搁浅，他们也是在摸索中前行，在经验中成长，最终找到了人心与船心的平衡点与契合点，常年平安无事地穿行于大江大河之中。

而今，故乡的船经过改装都变成水上的车，不仅更时尚，也更稳当。船夫们都有自己的驾驶专座和方向盘，再也不用站在船头忍受风吹日晒了。每每回乡，都会跟眼熟面花的船夫攀谈几句，聊聊新时代船夫的感悟，他们告诉最多的就是，“出门在外，平平安安比什么都强”。随着故乡旅游业的日益兴旺，一拨拨游客乘船走进千年古镇，有客人感叹岛上的风光别有洞天，也有朋友称赞水上的景色美不胜收，说船夫的方向盘一转就遇见了百亩荷塘，再一转便巧遇了小桥流水的人家……是啊，新时代里的船夫不知啥时候也学会了“新技能”！

蓦然回首，一代代的古镇船夫始终都在乘风破浪，他们在前面引领，我们在后面跟进，怀揣信仰，浩浩荡荡！

鸭 帮

说起南阳古镇的“鸭帮”，不觉记忆有些厚重，且金光闪闪。作为一代年轻人只能通过古镇老人们的讲述来了解那段峥嵘岁月，尽管鸭帮早已从南阳人的生活中退去，但却从未在记忆里褪色。

在二十世纪八九十年代，南阳镇还是一个鲜为人知的渔家小镇，由于湖区交通不便，南阳人的生活条件和水平都十分有限，大多人都过着“靠山吃山靠水吃水”的生活。不得不说，烟波浩渺的南阳湖造福了一代代南阳人，其中就有与渔帮、船帮相齐名的鸭帮。南阳湖物华天宝日出斗金，不仅是渔家儿女的安居地，而且还是水鸟的天堂，据说当年南阳湖里栖息着成百上千种野鸭子，常常都是黑压压、白晃晃的一片，这也成就了营湖而生的“猎鸭人”。

猎鸭人之所以结成“帮”，多半是因为南阳人讲义气重感情。那些年的南阳人都过得紧紧巴巴的，甚至吃了上顿没了下顿，鸭帮的成立让渔家人得以抱团取暖，彼此间也有个照应。通常来说，临近的几户猎鸭人组成一个鸭帮，这样便于相互沟通协调猎鸭的事宜，有的人家出“船”，有的人家出“枪”，也有的人家只出劳力，大家伙相处融洽，配合默契。

入秋以后，鸭帮开始活跃起来。进入秋天，蒲草日趋凋零，湖里的野鸭开始择草而栖。每次猎鸭活动，鸭帮都会派人深入湖里选点，要在白天看准野鸭的聚集地或出入点，以便晚上采取行动。猎鸭人有自制的鸭枪，俗称“大抬杆”，多以铁沙子为弹药，威力也不容小觑。

每每暮色降临，天色晴好，鸭帮便开始出动了，他们划着七尺长的小木船悄悄地潜入事先选好的“点”。船上的人分工明确，有人负责棹船，有人专管打枪，有人负责后勤工作。打枪人要趴在船的横板上完成狙击，一是为了隐藏自己，二是为了平稳操作。鸭枪发威前需要“点火”，需要专人负责配合。点火的刹那间会惊动鸭群里“机灵鬼”，鸭群会闻讯起飞逃脱，狙击手把握准机会就放枪，弹药会成扇形扫出去，这样便能“一箭多雕”……接下来就是猎鸭人清理“战场”、等待买家了。

说到鸭帮，又叫人想起南阳镇上的“鸭锅”。顾名思义，鸭锅是煮鸭子的锅，也是做熟食买卖人的俗称，有些鸭帮自己就有鸭锅，他们做着一条龙的生意。听镇上老人们讲，那些年的鸭锅很有名，不仅生意兴旺，而且还能惠及周围的群众。他们都有独特的配料和工艺，煮出来的鸭子香嫩可口，叫人垂涎三尺，不仅如此，鸭汤也是难得的美味。过去生活在鸭锅周围的群众都能得到鸭汤，用那浓郁的鸭汤炖白菜、萝卜都是不错的选择，甚至堪称南阳人家的“美味佳肴”。

那些年的鸭帮也着实了不起，抗日战争期间，他们携鸭枪加入南阳人的湖区保卫战，用猎鸭的方式一次次打退敌人的反扑，也为微山湖抗日战争立下过汗马功劳。时光荏苒，时过境迁，随着南阳人生活水平的日益提高，以及保护湖区生态环境的需要，古镇的鸭帮渐渐地瓦解、消散、退去，渐渐成了一个时代的记忆，成了南阳人挂在嘴边的一段佳话。

如今的南阳湖里又见水鸟群翔，蓝天、碧水、鱼鸭重回一片和睦共处的天地。当碧波微漾，当鸟鸣四起，有多少人会随之想起鸭帮的故事，想起那一段段鎏金的湖区岁月？

十五的灯火在乡河上闪烁

“独在异乡为异客，每逢佳节倍思亲。”正月初五一早，我就背起离乡的行囊，带着些许的不舍与留恋踏上了虎年的征程，很快又成了异乡的客。正月十五是年后第一个月圆的日子，也是传统的元宵佳节，又称“灯节”，乡人称之为“小年”。蓦然回首，我有好几年都没在故乡过“小年”了，今年又是如此。

记得小时候，每逢正月十五，除了嚷嚷着吃甜蜜蜜的元宵，就是央求大人带自己到城里看五颜六色的花灯，那时的故乡还没有吸引人眼球的灯火。进城工作以后，尽管有条件去看各式各样的花灯，但却没有当年的那种渴望与好奇。不得不说，每每灯火照耀人间，要么映出阖家团圆，要么照到形单影只。

大年初二的晚上，小弟牵着我的手，说要漫步河岸观赏灯火，我听后心头一热，毫不犹豫就跟着去了。受禁放烟花爆竹的影响，夜幕下的故乡稍显安静，点点星辰流露着春回大地的神采，阵阵晚风吹着亦浓亦淡的年味儿，窸窣的脚步声讲述着人在故乡的幸福，我家的堂屋后面就是古往今来的京杭大运河。驻足河岸的一刹那，我与小弟异口同声地“哇”了一声，像是第一次见到运河的灯火一样。

沿着河岸漫步，眼眸变亮，手心发热，古老的运河撩拨着璀璨的灯火。在蜿蜒的河道上，五光十色的灯盏镶嵌左右，光芒在波涛上游走，波涛在光芒下奔流，相互牵扯着、碰撞着、追逐着；在挺拔的岸柳上，彩灯交织交错，柳条携着彩灯舞动，彩灯缠着柳条变幻，相互摩挲着、亲吻着、融合着。从石凳到长廊，从亭台到楼阁，涛声不绝于耳，灯火光彩夺目，春的模样一会儿映在这里，一会儿又嵌在那边，春的脚步时而紧贴着潋滟的碧波，时而又紧追着变幻的灯彩。我们哥俩走走停停，停停等等，如痴如醉，如梦如幻。

站在风光无限的“延德桥”上，小弟突然攥紧我的手说：“哥，元宵节你还回来吗？”我一时语塞，竟不知如何回答是好。

走下“延德桥”，我告诉小弟，相较于现在灯火璀璨的故乡，过去可谓是黑灯瞎火。在我小时候，家家户户还在用电灯泡，15瓦的、30瓦的、100瓦的，家庭普遍都用15瓦的，只有条件好的家庭才舍得用100瓦的。开关是一条长长的灯线，“咔嚓”一声就亮了，再“咔嚓”一声就灭了，昏黄的灯光里藏着家的等待和期盼，也藏着一代孩子们的童年。那时候的孩子都十分向往故乡之外的天地，渴望着城市里的明亮灯火。可当真闯入外面的世界，却怅然若失，会在霓虹纷乱的地方想起那盏电灯，想起那些昏黄里透射着光亮的日子……小弟似懂非懂地听了一番，那双闪亮的眸子里装满五彩斑斓的光。

近几年，在南阳古镇旅游业的带动下，故乡有了长足发展，景色更美了，灯火更亮了，还在2021年成为国家AAAA级旅游区，越来越多的外地游客都慕名前来观光旅游。尽管如此，故乡仍有不少孩子憧憬着外面的世界，追逐着外面的灯火，直到走出去才会大彻大悟。沿着人生的一路灯火，我们时常从渴望走到失望，再从失望走到怀念，总会在灯火阑珊处习惯性地转身，或患得患失，或悲喜交加。

从初二到初五，故乡的灯火着实在岸头拴住了我，而从初五到十五，故乡的灯火隔着那道岸照亮了我。又是一年元宵节，相信十五的灯火仍会在乡河上闪烁，闪烁着那一双双清澈的眼眸，闪烁着那一颗颗鲜亮的红心，虽然无法前去近观，但还可以原地眺望。

元宵节里挑灯笼

在老家，不出正月十五都是“年”，老家人也习惯地将元宵节称为“小年”，而且还有初一、十五挑灯笼的习俗。

我小时候就特别喜欢挑灯笼，总觉得那是过年的一种特定陪伴。我的祖父在老家经商多年，家里就卖灯笼，最开始还是纸糊的那种，我家也是当时南阳镇上卖灯笼出了名的一家店铺，真的很有幸挑过自家糊的纸灯笼。

说起家里糊灯笼的事情，当时我还小，很多事情都是听祖母后来讲的。那时家里人手多，几个姑姑还未出嫁。我的祖母可是糊灯笼的行家，通常都是她老人家组织大伙儿开工，而一向要求严格的祖父则是这项工作的“总监理”。进了寒冬腊月，家里的这项工作就要紧锣密鼓地展开了。纸糊的灯笼主要是由细铁条编制的框架和粉红色的绵纸“外套”组成的，当然还少不了一个插蜡烛的木制底座和一个挑灯笼的杆儿。编框架靠的是功夫，而糊纸则需要技巧，那薄如蝉翼的绵纸要在框架上糊得严丝合缝且棱角分明可不是一件简单容易的事情，手脚不甚灵活的我可胜任不了这样的活。灯笼糊得好不好，关键看点亮后炫不炫、看小伙伴们爱不爱，家里要在腊月赶制好几百个灯笼，但等不到元宵节就都卖光了。

那时我和小伙伴们在元宵节的白天放鞭炮，到了晚上就挑灯笼，我的灯笼都是在家精挑细选的，我拿着灯笼在他们面前自然也很神气。我家附近有几个巷子，一到晚上就黑灯瞎火的，就算是过年也亮堂不到哪里去，这些巷子可就成了我们挑灯笼的常去之处。可别小看这平时不显眼的灯笼，一旦进了巷子可就发挥威力了，毫不夸张地讲，一个灯笼能照亮一条巷子。我们都喜欢挑着灯笼在巷子里晃晃悠悠，时不时还大呼小叫，吓唬彼此。那红晕一会儿照亮这儿，一会儿又照亮那儿，一会儿照到同伴的小脸蛋，一会儿又照到某人的新衣裳……玩嗨了的我们会不约而同地唱起那最熟悉最简单的歌谣：新年好啊，新年好啊，祝福大家新年好……

挑着灯笼瞎晃悠可是有“风险”的，稍有不慎，里面的蜡烛一歪，灯笼的外套轻则被燎个大窟窿，重则可能会烧得一干二净，最后只剩一个赤裸裸的框架。即便灯笼被烧，有的小伙伴也依然高兴得不得了，似乎很享受那种被火光照亮的感觉，那应是年的一种喜庆，也是童年的一份天真。但多数伙伴还是会为烧坏的灯笼哭鼻子的，毕竟是自己心爱的物件，毕竟是家长好不容易才给买的，机灵点的伙伴会从家里拿张报纸糊上，虽不再美观，但也能照亮好大的一片，那一片有甜蜜、有梦想、有憋了一年的悄悄话……

后来，我也挑过装电池的塑料灯笼，那灯笼不仅亮堂而且还有好听的音乐。再后来，会动、会跑的灯笼都随着时代应运而生了，我们那拨挑灯笼的孩子也都在转眼间长大了。

如今，各式各样的灯笼挂满了老家的年集，每处都有选灯笼的孩童，都有看灯笼的大人。紧追着年的步伐，相信老家还会有许多孩子挑起元宵节里的灯笼，他们会一直延续老家的习俗，一直拓展童年的快乐……

中秋节

说起南阳古镇的中秋节，不觉思绪万千，那些甜美的记忆一下子如潮水般涌上心头。生在南阳长在古镇的人回乡过中秋才叫圆满，然而人在"江湖"身不由己，走上社会后我已有好几个中秋没在老家度过了。

其实，相比城里人的中秋，南阳人的中秋可谓是简单，甚至简单到一块月饼过中秋。古镇上有家老字号月饼店，叫"庆三恒"，店主姓孔，名声很响，实力使然，南阳人都很喜欢吃镇上的"孔府月饼"。儿时的月饼种类很少，我印象最深的就是五仁的、枣泥的、冰糖的，我偏爱枣泥的月饼。孔记月饼馅多皮酥，香甜可口，通常都是四个一斤，一斤一盒，用灰褐色的包装纸包好。过去节前，亲戚之间都会相互串串门送几斤月饼，家里人常会把月饼留到中秋吃，有时包装盒上都洇出了油渍，俗称"出油"。

吃月饼通常都在晚上，祖父常常都让祖母拿出两斤包好的月饼，在我家的八仙桌上打开，然后一人先分一块，吃完自取。按照老人的要求，吃月饼时要一手拿，一手托，因为月饼外酥，极容易掉渣，两手配合好就不会浪费。我常把肚子留到晚上，一口气吃上好几块枣泥月饼，那真叫一个带劲！不禁想说，那时的月是圆的，饼是甜的，人是美的。

南阳人的中秋尽管简单了一些，但也不乏特色。身处湖区的南阳人多爱吃鱼，中秋节时来上一顿鱼宴也是美美的享受。我清楚记得，中秋节前几天，祖父母总会隔三岔五地从集市上买回几条鱼，鲫鱼煮汤、鲢鱼腌制、鲤鱼炖粉皮、葛鱼下面条，如今想想就叫人垂涎三尺。中秋那天，家里时常会炖地锅鱼、炸鱼块，祖母偶尔还会做一道拿手的酱汁鱼，品鱼香，话渔情，过佳节，这样的中秋难道没有特色吗？

“露从今夜白，月是故乡圆”，每逢中秋，念念不忘的是南阳古镇的那轮圆月。故乡的圆月栖息在运河上，与人共舞，和人同欢；故乡的月婆娑在石板路上，与人结伴，和人同行。而今，异乡的月光时常是煞白的，冷冰冰的，不知所措的，虽不知如何宽慰身在他乡的离人，但也时常映出那些孤苦伶仃的身影。

“独在异乡为异客，每逢佳节倍思亲”，再逢中秋，尽管身在异地，但心已回乡，要知道南阳古镇的中秋节是恋家乡人的，也是粘游子心的，要知道那些甜美的中秋记忆都是有温度的，也都是闪烁光芒的！

过油迎新春

一提到过油，就会想起故乡的春节，但凡说起在故乡过年，便会自然而然地想到过油。在我的故乡记忆里，过油与过年似乎有着千丝万缕的联系，不得不说，过油也是过年的一种老传统，只不过偶尔会被疾驰的年月给落下。

我自幼与祖父母相依为命，二老含辛茹苦地把我抚养成人，他们延续传统的思想和做法都对我影响很大，尤其是逢年过节的习俗。老家三代人做生意，生意人都忙年前的那几天，根本顾不上家，甚至连吃饭都是啃馒头吃咸菜的瞎凑合。因此，我家的过油通常会提前到腊月二十左右，天寒地冻的时节，东西也不怕被放坏。

我家堂屋的一角，有一个用石棉瓦等材料搭起的简易厨房，俗称“厨屋”。厨屋里有一口烧柴火的地锅，我们都管它叫“地锅子”，地锅子做出的饭菜都特别香，尤其是炖鱼之类的，别有一番滋味。我家一年四季离不开它，逢年过油更是缺不了它。

过油一般都从早上开始，先准备好食材，我家最常做的就是炸丸子和炸藕夹，因此祖父母老早就会把新鲜的萝卜、藕等食材洗刷好。祖父是一位要求严格的大家长，要反复搓洗萝卜上的坑坑洼洼，要一遍遍冲刷藕的里里外外，我偶尔会帮忙洗洗食材，几乎没受过祖父的好评。

洗好的食材都摆上院子里的菜案子，祖母戴上围裙便开始忙活了。她老人家经常会将菜刀先在缸沿儿磨两下，然后再切菜，该切片的切成片，该分段的分好段，该剁馅的剁成馅，最麻烦的是将一个个奇形怪状的萝卜剁成丸子馅，既费时又费力，任劳任怨的祖母总不厌其烦。寒冬腊月，她老人家一忙就是一身汗，实在累了就停下手头的活望望天空，褶皱包裹的一双眼眸总能够望见来年的风调雨顺。

祖母通常会将切好的食材分别放进一个个搪瓷盆里，这时候往往都已过午时，祖母顾不上歇息，就忙着到厨屋点火烧油。霎时间，只听柴火在锅底下“噼里啪啦”，油在锅里面“滋啦滋啦”，年味儿也随之飘了出来，吸引着等年盼年的孩童，挑逗着好吃之人的味蕾。我有时会耐不住性子跑进厨屋，瞅瞅看看，抑或趁机抓一把刚出锅的丸子或藕夹。

我最佩服炸丸子时的祖母，她老人家的动作极其娴熟，只见她左手抓起一把馅子，均匀地挤出一个个丸子，右手则连续不断地将成形的丸子放进油锅，待到丸子在油锅里翻腾够了，祖母就会用笊篱将它们捞上来放入准备好的搪瓷盆里。祖母炸的丸子个头饱满，外酥里嫩，总叫人看了就想拿，闻到就想吃，以至时常把我烫得上蹿下跳。如今细品，那应是年的炙热，当然也是爱的炙热。

祖母要在厨屋里忙活一下午，从炸丸子藕夹到酥鱼酥肉，她老人家弓着腰身忙这忙那，祖父时不时会到祖母跟前问一句，“还有多少，喝点水吧……”冬时的白昼较短，等祖母忙活完，天空已经上了黑影。祖母向来都在忙忙碌碌，忙于生活的缝缝补补，忙于家庭的迎春接福，尽管时光催人老，但她老人家始终忙而不乱，将勤俭持家的要领熟记于心，更把料理琐事的火候拿捏得清清楚楚，知道怎样为家负重，也知道如何为爱迎春……

时光荏苒，随着祖父的溘然长逝以及祖母的年事已高，我家已经好几年不再过油了。老家的厨屋还是老样子，地锅子还在老位置，因此记忆肯定不会跑远。近几年，每次回老家过年，我都会在厨屋跟前踱步许久，想想当年过油的场景，想想那一份份酥香，不觉之中，春就来到了眼前，触碰到了指尖！

蓦然回首，过油其实是在收集今朝的念想，沉淀来年的希望，等到收集完成，沉淀足矣，春也就自然而然地来了……

鞭炮声声过大年

从我记事起，我的祖父就开店，经营日用百货，逢年过节还会摆摊子卖鞭炮。摊子上的鞭炮五花八门，成箱成摞的，说实话家里过年放的鞭炮并不多。

以前，家里从腊月二十三就开始摆摊子卖鞭炮，当时五千响的算是大鞭炮，乡人们很喜欢“大地红”的牌子，而一二百响的鞭炮都是孩童们的最爱，后来才时兴“擦鞭”(也叫擦炮)。一到夜晚，家里的摊子上就粘满了密密麻麻的“小蜜蜂”，孩童们都喜欢在晚上放炮仗，你来我去，你岸头我街上，噼里啪啦的声响便是迎接新春佳节的序曲。

当年，一百响的鞭炮最受孩子们喜欢，一挂小鞭炮才一块钱，只占压岁钱的冰山一角。拿到鞭炮后，我们会先将鞭炮外皮的电光纸拆开，然后将一串炮仗给拆开，拆鞭炮就像解辫子一样，找到头就好办了。接着捋好炮仗的“鞭捻子”，稍有不慎，有的“鞭捻子”就会掉下来或折断，这样的炮仗只能掰开呲花玩了。把炮仗准备好，就可以随时“开火”了。当年放鞭炮都用香引燃，一根长香够用一个晚上，兜里还会备上一盒火柴，以防中途有什么闪失。

当年放鞭炮也相当有意思，很多时候都不会规规矩矩地放，要么塞石头缝里点，要么往冰窟窿里扔。若是三五人凑在一起放炮仗，那就更热闹了，有人放鞭炮不行，吓唬人倒有一套。某些“鞭捻子”特别短，小伙伴们点燃的时候都特别小心翼翼，有小伙伴就专门在背后吓唬人，一会儿“咚”，一会儿“当”，吓得人进进退退，不是把手中的香弄断了，就是将鞭捻子弄潮了，一来二去，气不过的小伙伴就会嚷嚷一番，新春佳节就在小伙伴们的一惊一乍中走来了。

后来有了擦炮，顾名思义，放鞭炮就跟擦火柴一样，十分方便，有一响的、两响的，甚至还有多响的。当时的一盒擦炮就是一个秘密“武器”，有小伙伴一装就是一兜擦炮，走街串巷时，趁人不注意就会插一个丢过去，进而躲起来，把人吓一跳，自个乐不停。逢年过节，被吓的人也不急，年长的顶多骂一句“熊孩子，太皮了”。乡人常说：“听响发财，听响准有好事。”不得不说，那些年熊孩子们给静谧的水乡带来了生机，也迎来了春意。

再后来，小伙伴们开始迷恋放“窜天猴”，大家伙称之为“气鼓子”，那“嗖”的一声着实叫人感觉倍爽。当年的“窜天猴”算是比较高级的花鞭，谁手里要是有“窜天猴”，那绝对能在伙伴们跟前炫耀。白天燃放“窜天猴”要比晚上好，因为能够看清它飞天的样子，看清它往上蹿的那股劲头。一转眼，水乡里的那帮孩子也蹿得老高了，不是在外功成名就，就是在家出人头地。

那几年，到了年关家里的生意也非常红火，一旦摆了年货摊子，全家老小都齐上阵看摊子，虽说我也调皮捣蛋，但在严厉的祖父面前也得老老实实的，常常眼睁睁地看着小伙伴们放鞭炮玩耍，偶尔眼红了就跟祖父母置气，现在看来，年少时我还不甚懂事。家里的年货摊子通常要摆到除夕夜子时前后，我一般在除夕的下午就“解放”了，可以换上新衣服，拿上祖父奖励给的鞭炮去尽情玩耍。有几年除夕夜，我们那帮小伙伴彻夜不眠地放鞭炮、打鞭仗，一夜疯不停，一次放个够，直到大年初一早上才会发现那双黑不溜秋的小手，才会嗅到那满身的鞭药味，到底是过年的味道、童年的味道、被爱的味道……

蓦然回首，长大的人确实都喜欢怀念，怀念那一声声鞭炮，怀念那一段段时光，怀念那些满是孩子气的新春佳节。

我家的除夕

每逢年终岁末，回乡过年的心就会荡于胸口，急不可耐时便会搭上记忆的飞舟，一路乘风破浪直挂云帆，直至那除夕的港湾。我家在四面环水的南阳古镇，古镇的生活很美妙，老家的除夕挺特别，细细品味，总要禁不住娓娓道来。

天刚蒙蒙亮就得起床，除夕也不例外，起床后赶紧把家里的年货摊子摆好，俗称“摆芝麻摊”。我家三代人经商，多经营一些日用百货，镇上的生意人都知道，除夕只有半天的集市，年关还剩半天的好买卖，赶巧不如赶早，过了这个村就没这个店了。家中的年货摊子大致分为字画、春联、鞭炮、玩具等，各有一摊，各居其位。摆摊可不是随便摆的，什么东西放什么位置都是有讲究的，尤其在年关，家家户户过年的那些必需品几乎都在显眼处。待到把芝麻摊摆得差不多的时候，赶年集的乡人陆陆续续地出现在青石板路上，天也逐渐亮堂起来，慢慢露出除夕那婀娜多姿的模样。

除夕的生意就忙一上午，过了午时便松快下来，很多商铺都随之收摊关门，而我家只收进去大半，通常只留一个香火鞭炮摊子，开一扇门面，直至夜晚。收了摊子就开始准备过年，祖母忙活着和面、调馅子、擦案板，成年后的小妹常常帮忙擀皮，除夕要吃肉饺子，祖母包的白菜猪肉馅的饺子可是我们的最爱。等我把大小门上的春联都贴好时，家里的饺子也快出锅了，香气扑鼻，年味浓郁，一挂鞭炮“噼里啪啦”地响罢，我家的团圆饭就开始了，镇上的团圆饭普遍都是饺子，老传统，老味道，蘸着陈年老醋更叫人回味良多。

夜晚，一串串的大灯笼照得街巷红光满面，隔三岔五的霓虹灯闪得院落春意盎然，幽幽的青石板路又热闹起来，逛街的多是些青年和小孩，收到压岁钱的小孩常喜欢买鞭炮放，朝天上窜的、往水里钻的都是他们的首选，我家的鞭炮摊子也因此备受青睐。他们三五成群，嬉皮笑脸，摊主一句“这里有摊子，到那边去放鞭炮”会让人一激灵，而后又是嘻嘻哈哈一番，偶有活泼的孩童会回应一句：“老板别关门，俺们放完再来买！”

晚八点，春晚准时闪亮登场，我和弟弟妹妹会围坐在电视机前等候各自喜爱的节目，小妹喜欢歌唱类节目，小弟喜欢魔术，小品相声是全家人的最爱，时常叫人听一段笑一阵。祖母会在我们身边忙着包大年初一的饺子，初一要吃素饺子。这时候小妹会边擀面皮边看电视，遇到爱看的节目就放慢手上的节奏，要是不爱看的就快擀几个，不忙生意的婶子也会搭把手。一家老小围坐在里屋，拉家常，说往事，热乎气很快就把“年”给围拢了。

随着子时钟声的敲响，古镇的除夕夜进入高潮部分，鞭炮如潮水一般此起彼伏，一声声，一阵阵，大大方方地道别旧日，轰轰烈烈地召唤新岁；烟花像花骨朵一样竞相绽放，一团团，一簇簇，勾勒着湖区的烟波浩渺，描绘着古镇的和和美美。有时，运河两岸的乡人还要在烟花爆竹上较量一番，你来我往，你响我亮，休憩的波涛和入梦的小桥也被新年的烟花爆竹惊醒，我家的烟花爆竹也常常无拘无束地混杂其中……

放鞭炮的间隙，祖母要带着叔父和我祭拜祖宗，点蜡烛续香火，敬酒叩头，追思祈祷。其间，会给故去的亲人送纸箔叠成的“银两”，追念故人的行善积德，祈求祖先护佑家中的子孙后代，俗称“发纸”，火光明亮纸灰升腾为祥瑞之兆，老人们说这样的年才算完满。祭拜结束后，我和弟弟妹妹会先后给祖母磕头拜年，祝愿她老人家福如东海寿比南山，而在她眼中，我们都是永远长不大的孩子。

就这样，春回大地，否极泰来，崭新的一年又开始了……

拜 年

说实话，我挺喜欢过年。每到年终岁末，记忆总在翻箱倒柜，倒腾着那些过年的点点滴滴，重温这些舍不得忘却的美好。都说过了小年（腊月二十三）就是年，不出正月十五也是年，但年味浓郁的也就那么几天，在此就要说说老家南阳镇的正月初一，拜年自然是这天的主旋律。

老家过年，传统不失热闹，简约又温馨。南阳镇地处湖区，古色古香，逢年过节，处处都流露着民风民俗。拜年的前奏是除夕夜的狂欢，鞭炮齐鸣，烟花绽放，烧香祭祖，熬夜守岁。除夕的狂欢通常要持续到次日的黎明时分，也就迎来了大年初一，初一黎明时分只有短暂的安静，这安静可谓稍纵即逝，因为一挂挂崭新的鞭炮随时都有可能拉开初一的大幕。

在老家，初一早上燃放的鞭炮头数较小，大多是五百头或一千头的，清脆响亮。据说，谁家先放初一的鞭炮，就代表这家人在新的一年里会勤勉争先。放鞭炮前，还得送香祭祖，我的祖母每每都早早地起床送香，并在祖先跟前祈祷许久，祈祷全家人在新的一年平平安安，祈祷孩子们的生意、事业顺顺利利。放鞭炮后，就准备吃饺子了，初一早上的饺子是素馅的，第一碗饺子同样要端上八仙桌祭祖。初一的饺子再好吃，也得剩下几个，叫“年年有余”。

吃罢初一的饺子，家中的小孩就得麻利地去给自家的长辈磕头拜年。给自家的长辈拜年，讲究实实在在，甭管地上脏不脏，跪下就是“当当”两个响头，祝愿长辈福如东海寿比南山。给长辈们磕头拜年，少不了拿压岁钱。长辈们通常会准备几张崭新的票子，顺手塞到晚辈的口袋里，并嘱咐道“留着压腰”。

自家拜完年，就要串门拜年了。我家开店铺，初一早上打开的半扇门，是为串门拜年的亲友留的。生意人见面，张口一定要说“见面发财，生意兴隆”，并行“拱手礼”。生意人都讲究一个好的彩头，不管前一年生意如何，到了正月初一就算翻篇了，那就是一个新的开始。我家所在的那条街户户开店，“见面发财”在初一早上说个不停。

生意人道贺完，就是邻里间的拜年。平辈之间都以“过年好”问候，可行礼，亦可不行礼，而后还会说上几句拜年的祝福话。若是遇到长辈，一定要毕恭毕敬地问好，碰到德高望重的长辈，还得礼节性地叩头拜年。在老家，邻里拜年问好有时只是个“引子”，引出家长里短，引出期盼夙愿，拉着手，促着膝，聊上两小时，唠上一上午。

邻里间拜年一般都要走街串巷，南阳镇的街多巷深，一走小半天，一拜数十户，从东到西，由南至北，转上一圈才回到家中。于我家而言，这还没完，还得到河对岸拜年。一条河，两道岸，沿岸过桥，乘船渡水。来到叔伯家，先问好再让烟，聊上几句话后就要到叔伯家的里屋祭拜共同的祖辈。跪在垫子上，双手合十，叩头三下，祈祷家族兴旺长盛不衰，有时还要敬上一盅酒、点上一支烟。

老家的拜年，兜兜转转一上午，再往家中一坐就不愿意起身了，多数时候带着倦意和美意往床上一躺，“呼噜呼噜”地就睡起了回笼觉。

湖里的孩子

生在湖区，长在湖区，根自然就扎在湖区，就像我们南阳湖里的蒲苇一样，不管怎样漂泊抑或凋零，它在最得意最精彩的日子里总是迎着湖风向着湖阳的。

沿着寒冬的路线回乡，心头却涌出了暖春的味道。从登上回乡客船的那一刻起，就感觉自己已经到家了，我不知道这源于一种何等的心灵感应。走到船头，驻足而望，寒风轻袭，叫人禁不住微微发抖，但却不忍离开……

面对这久违的大湖，突然有初恋的感觉，彼此间有亲切，更有种莫名其妙的腼腆。遥想春光里，银波乍起，远处的湖面一片银色，在春风里那银色就如同一面自由舞动的纱。

周边的蒲苇还未来得及复苏，好在根已牢牢地扎入湖底，好在茎已经朝着湖心挺去……近处波光潋滟，含情脉脉，让人感觉到很柔很轻很绵。大湖中的几个网箱随着船慢悠悠地移动，由远及近，由暗到明，近而观之，才发现那网上粘着星一般的光亮，恍然间竟想不起我曾在这个角落遗落过多少会说话的星星……

这湖就像母亲的胸怀，总见不到她的波涛如怒，她永远都是这般的不温不火，这般平易近人，既经得起川流不息的辛劳，又耐得住十里冰封的寂寞，真的像母亲一样！

三两只船悄悄地从我们的船旁经过，船体激起的浪花相互拥抱与问候，我们终于回家了，一种难以言表的兴奋随着浪花涌上心头。

我还清晰地记得，儿时的湖面要比现在的高出许多。那时每逢夏季我与邻家的小伙伴都要约到一起，坐在岸边，把脚耷拉到湖水里乘凉。我们最了解湖水，脚丫子调皮地在水中轻轻拨弄，那清凉的湖水便被翻出一层层涟漪，在阳光的照射下显得格外的耀眼，就好比孙悟空的光圈一般！其中有一次，我浸在湖水里的脚丫被下水的鱼鹰误当成了鱼儿凶狠地啄了一口，当时疼得我两眼噙泪。

不得不说，那湖水始终都最懂我们，懂我们的渴望，也懂我们的快乐……现在想想，也只有母亲才能给予如此熨帖的爱！

客船靠岸了，记忆回港了，提起随身的行李感觉一下子轻了许多，或许是没有了乡愁的重量吧。深吸一口气，驻足码头，朝那归来的路放眼望去，苍苍茫茫，朦朦胧胧，郁郁葱葱，远远地就能望到那棵老树的枯枝间闪烁着的五颜六色的光芒，而且上面还藏掖着春的萌芽，似乎有一个神秘的宝盒在等待着谁去打开……

一排排古朴的民居，肩并着肩，背靠着背，飞檐翘角，摩肩接踵，宛如一群手拉着手的兄弟姐妹簇拥着一位和蔼可亲的大湖妈妈。对，我们都是大湖的孩子！

回来了，湖区的孩子回到了大湖的怀抱！或许有一天，您的一泓水又将转化为我的热血，让我有勇气去漂泊去打拼；但也必定有一天，我会带着我行途上或喜或悲的泪水躲进您的怀抱，寻求您的抚慰和鼓舞，这既是一种默契，也是一种情结！

湖里的童年

童年是人生中的一段别样时光，它更纯更美，也更令人留恋。每个人的童年都应是独一无二的，也应是引以为豪的，就像我的童年徜徉在湖区，被一泓泓碧波捧在掌心。

说起童年，会有许多的趣事要说，三天三夜也说不完，尽管如此，有些刻骨铭心的事还是要翻出来说一说，生怕在心里压久了会变形变味，比如我们那些年在湖区怀抱里做过的趣事。

（一）背鞋底

玩“背鞋底”的游戏通常都是在夏天，因为天气一热，小孩子都喜欢整天趿拉着一双拖鞋，我们南阳人习惯将拖鞋称为“鞋板儿”。我小时候还不时兴儿童拖鞋，换句话说，我们当时穿的“鞋板儿”都是由坏掉的凉鞋改成的，大人们将断裂的鞋带一剪便可。

“背鞋底”很简单，无需任何道具，用石子在泥土地上画一条起始线就可以了。大伙儿逐个在起始线前趴下，四肢着地，把腰弓起来，然后单腿上扬，向上用力将一只“鞋板儿”甩出去。通常来说，被甩出去的“鞋板儿”会在空中划出一条抛物线，经过脊背，飞到头前面。飞出去的鞋子不能立刻去拿，落在哪儿就在哪儿，彼此间相互监督，到最后要比一比谁的鞋子飞得远，谁的最近谁就要被其他人用鞋底打屁股。

说实话，我从来没有在这个游戏中获得过胜利，反而被打过很多次屁股。

（二）砸大堂

“砸大堂”的游戏非常有趣，给人极大的愉悦感和满足感。游戏前要提前准备三块砖头，要有明显的大小之分，分别将它们设为“大堂、二堂、三堂”，然后将三块砖头依次排成一条直线，要有一定间隔，个头最大的放中间，其左边放第二大的，右边放第三块。游戏需要四五个人参加，通常都是四个人，每个人事先要自己准备一块小石头，以投掷顺手为宜。这个游戏也需要画一条起始线，一般距离三块砖头两三米远。

游戏开始，大伙儿要通过“剪子包袱锤”的方式来决定投掷的顺序。游戏时，每人只有一次投掷机会，站在起始线前，瞄准其中一块砖头砸去。砸倒大堂的当“司令”，砸倒二堂的做“参谋”，砸倒三堂的为“打手”，砸不倒不算数，最后一无所获的小伙伴要接受惩罚。惩罚的内容由司令来定，参谋可以向司令提一些建议，所谓的惩罚无非就是扭耳朵、捏鼻子、踢屁股等，打手负责执行。

那时，惩罚人的过程也闹出过不少笑话，比如捏别人鼻子的时候被鼻涕弄了一手，踢别人屁股的时候被突如其来的响屁吓了一跳……每每出现这种场面，大伙儿都会笑得前仰后合，甚至笑岔气。

（三）捉迷藏

我们把捉迷藏叫作“藏马猴”，一到傍晚时分就经常玩这个游戏，很刺激，也十分过瘾。

老家南阳镇有一个巷子叫“双火巷”，离我家不足百米，巷子狭长，有几个院落穿插在巷子两侧，只不过很少有人居住。那时的巷子一到夜晚就黑灯瞎火的，只有皎洁的月光才能勉强照亮巷子，这着实为我们玩“藏马猴”提供了有利条件。

游戏的内容很简单，就是若干人藏起来，一个人去找，去找的人最先发现谁，谁就成了下一个去找小伙伴的人。黑乎乎的双火巷是我们躲藏的首选之地，每个旮旯都能派上用场，就算没有东西遮身，也不容易被人发现。游戏开始前，大家都七嘴八舌地说个不停，多数在商讨藏在哪里不容易被发现。游戏一开始，大家就安静下来，几分钟的工夫便鸦雀无声了。去找小伙伴的那个人需要有一定的胆量，这样才能深入黑得吓人的双火巷。每每轮到我去找人时，我都有点儿害怕。不仅如此，有些藏好的小伙伴还会模仿各种古怪的声音，甚至鬼哭狼嚎，他们专门吓唬那些胆小的小伙伴。不可否认，小伙伴们有时候就是图个刺激，图那被吓得一激灵的快感。

“藏马猴”的过程中也出现过囧事，有小伙伴在寻找他人的过程中被吓得哇哇大哭，甚至被吓得尿裤子，还有小伙伴在躲藏的过程中踩到了狗屎，抑或沾了一身泥巴……甭管怎样，大伙儿在游戏中都是快乐的、享受的，就算回家挨训挨揍也都无所谓。

那些年湖区条件有限，我们可玩的东西有限，可去的地方也很少。然而，我们的童年并不缺少快乐，像“琉璃球”“老鹰抓小鸡”的游戏我们也玩了好几年，时至今日才真切地回味出，最纯的故事往往都有最真的情感，而最真的情感恰恰最令人留恋，就像我那被一个个故事串起来的童年。

我的童年徜徉在湖区，它始终带着河水的清爽；我的童年徜徉在湖区，它时常会有浪花的澎湃；我的童年徜徉在湖区，它始终都依恋着渔家的生活。

（四）集烟盒

尽管我很少抽烟，但我与烟盒的故事可长着哩。

我们那一代南阳湖区的孩子，大多都是“80后”的尾巴、“90后”的头儿。那时的童年相对单调，可玩的玩具、游戏很少，绝没有现在这般丰富多彩，但回过头来想想，倒非常纯真，“集烟盒”就是其中的一件趣事。

我自幼与祖父母相依为命，祖父、祖母和叔叔都曾抽烟，据说我的父亲生前也抽，不过他们的烟瘾都不大。年幼时我还很好奇，这烟抽起来呛人，为啥大人们还偏好这一口呢？由烟生腾出的雾，说白不白，说黑不黑，里面似乎藏着我们小孩们不知道的奥秘。大人们高兴了抽烟，烦心的时候也抽，逢人待客抽烟，独自一个人还抽，这烟盒上明明写着“吸烟有害健康”，可为什么他们那般爱不释手呢？

话说回来，我光在家里就收集了许多烟盒，但种类有限，祖父、祖母和叔叔平时就抽那几种香烟。祖父最初抽“大前门”牌的香烟，后来改抽“红将军”，祖母抽的是相对廉价的“红三环”，我叔曾偏爱“红双喜”牌的香烟，不知何时又抽上了“白将军”。此外，老家南阳镇当时还流通“大鸡”“哈德门”“云烟”“石林”等牌子的香烟，“石林”曾一度成了镇上的好烟、名烟，当时流行这么一句话“是人不是人，腰里别石林”。

我们那群孩子，说干嘛都干嘛，“集烟盒”也是这样，大伙比着集，比谁集的数量多、种类齐。香烟的价钱越高，烟盒就越好，多数烟盒都是用普通纸张做的，上档次的烟盒都是油纸材质的。遥想当年，看到一个烟盒简直如获至宝，尤其是那种崭新的、稀奇的，但凡见到，就争就抢。为了一个烟盒，小伙伴们常常争得面红耳赤，甚至大打出手，他说是他先发现的，我说是我先捡到的，争来抢去，一不小心就扯个稀巴烂，然后大家不欢而散。拿到一个烟盒，先把外面一层塑料纸去掉，然后小心翼翼地将烟盒侧面、底部拆开展平，夹在书籍里或压在床底下，烟盒会像“板”一样，仅供“展览”，再用手拿都舍不得了。

凡事都“物以稀为贵”，若是哪个小伙伴集到罕见的烟盒，那绝对可以吹上好几天。身在湖区的孩子，对外面的事物都十分好奇，要是谁搞到一个外国的香烟盒子，必将震动整个“朋友圈”，其他小伙伴都会投去膜拜一般的眼神。

烟盒富足的小伙伴，还会用烟盒叠飞机、小船、四角等玩意，摆到小伙们跟前，那份炫耀得来的满足感绝对非同小可。遥想当年，我们为了找烟盒集烟盒，经常到一些饭店周围转悠，在垃圾桶边寻觅，不知道情况的人还以为我们是来讨饭的“小乞丐”呢，尤其是在寒冬腊月，挂着鼻涕邋遢的样子就更加像了。

集成的那一沓沓烟盒，犹如一沓沓钞票，宝贵得很，若是被人动了，那不是哭就是闹。不知何时，我的那一沓沓烟盒突然不翼而飞，又忘了什么时候，小伙伴们的那些烟盒也都消失不见了，就这样，我们患得患失地走出了简单却又美好的童年。

我与湖人

首先要说，我是一个地地道道的在湖边长大的人，湖生湖养，忘不掉大湖的恩情，改不了因湖而成的品性。时光荏苒，兜兜转转，我从未离开过湖，也从未想过离开。

小时候，懵懂无知，不知道湖好，长大后才将大湖当作自己的骄傲。我所说的湖是这烟波浩渺的微山湖，它是我国北方最大的淡水湖，面积达1266平方千米，享有“鲁南明珠”的美誉，由微山湖、南阳湖、昭阳湖和独山湖组成。我的老家就在南阳湖畔，一个被誉为“江北小苏州”的地方，滔滔不绝的湖水滋养着我的家乡，也哺育着一代代的湖区居民。

其实，我的童年离湖岸较远。由于身体羸弱，自幼与祖父母相依为命的我不被允许靠近湖边，只能远远地望湖，望着波涛汹涌，望着潮来潮去，没有赶上那一批“弄潮儿”，因此我是当地为数不多不会游泳的人。后来，我的身体奇迹般地一天天茁壮起来，上了小学，读了初中，慢慢跟上了大湖的波涛，化作了小船，扬起了风帆。

万万没想到，之后我竟隔着漫长的湖岸，认识了另一支湖人。没错，这支湖人因球而生，虽与我相距甚远，但被球心拉得很近，它就是NBA中的洛杉矶湖人队。2004年，那一年我读初中二年级，一场NBA总决赛吸引了我，参赛的一方就是身穿紫金色战袍的湖人队。尽管湖人队最终以1比4的大比分败北，但我却由此成了湖人的球迷，喜欢上那个无所不能且被称为“小飞侠”

的科比·布莱恩特。我喜欢湖人，这一喜欢就是十多年，直到科比在 2016 年退役，直到小飞侠在 2020 年意外陨落。

我在看球的同时开始打球，在打球当中继续茁壮成长，在成长中不断坚强。洛杉矶湖人不远万里给了我满满的能量，让我敢于拼搏，让我勇于踏浪。2006 年，南阳湖又送出一批莘莘学子，我们从湖的一岸来到另一岸，来到异乡鲁桥镇读高中。异乡的波涛既热烈又凶悍，高中的课程既丰富又紧张，我们忙里偷闲地打篮球，如饥似渴地追梦想，望着一浪高过一浪。

2009 年，我备战高考，就在那一年，南阳湖赶上了旱情，湖水减少，水位下降，湖区居民看在眼中，急在心里。由于湖水少，行船难，我们曾连续数周无法坐船回乡。然而，湖区居民心中始终不缺水，心中行舟，逐梦而去。那一年，南阳湖出了十几个大学生。

步入社会后，常年出门在外。记得前年去峄城爬山采风，其间遇到几位当地人，聊了几句便热络起来，他们笑称自己是不折不扣的“山人”，而我也脱口而出了一句，自称是实打实的“湖人”。不禁要说，当“湖人”遇到“山人”，总有交谈不完的故事，也有太多扯不清道不明的关系和情感。人在当下，不管身份如何，无论过得好与坏，都要有一份归属感。“湖人”，更多时候像是一个言简意赅的标签，其实里面深藏着生命的根须和信仰，我逐渐从中找到自己的归属感，甚至还有一种无与伦比的幸福感。

近年来，在微山湖旅游业的兴起与带动下，越来越多的游客来家乡观光。游湖赏荷，踏波逐浪，魅力无限的大湖中蕴藏着人所意想不到的景色与乐趣。身在湖中游，心处桃源外，乐不思蜀的游客在尽兴之时，是否也会引以为傲地自称是“湖人”呢？

日落归故乡

“日暮乡关何处是，烟波江上使人愁。”

上次回乡正好赶上雨过天晴，被冷空气围困的春日尚未突破重围，午后乍暖还寒，天边忽明忽暗。放眼归途，心情骤然升温，僵硬的乡愁开始舒展游走。来到渡口码头，往返南阳古镇的船只络绎不绝，一船回家的乡人，一船观光的游客，碧波微漾，岁月静好。

坐上回乡的客船，似箭的归心安稳了许多。午后的光芒霎时明亮起来，随着风的节奏舞动于窗前，转瞬间便映到了心上。透过窗子望湖面，偌大的南阳湖烟波浩渺，敞开了怀抱，也敞开了心胸。船速不快不慢，悠然自得，被感应到的浪涛时而你追我赶，时而相互叠加。激起的波纹一道接着一道、一圈粘着一圈，波纹夹着光圈，光圈裹着波纹，顷刻间，真叫人分不清楚。兜兜转转，人已过而立之年，但有时还是会天真得像个孩子，还是会疯狂得像个少年，那些无忧无虑的日子都能荡起道道涟漪，犹如首尾相接的波纹，只可惜暮色渐暗，波纹易逝，甜美的时光说淡就淡了。

船靠上码头，心回到彼岸，橘黄色的暮光徜徉在乡间的小路上。踏上凹凸不平的青石板路，熟悉的感觉从脚下传来，昂首挺胸，夕阳与人相视，留守的燕子在光圈处翩翩，含情脉脉地招呼着归乡的旅人。蓦然回首，身影被暮光悄然拉长，抹掉了颜色，冲淡了情感，轻快自如地在石板上婆娑，如此平平淡淡，又如此从容。再回首，顿感形单影只，回想当年大手牵小手的亲人，遥想那些前后簇拥的伙伴，怎么走着走着就散了，怎么越长大越孤单呢？

进门了，到家了，日落了，残余的霞光映红了小半边天。晚风轻袭，站在老家的庭院里仰望，丝丝缕缕的光线在老砖老瓦的缝隙间来回蠕动，不一会儿，便产生了神奇的反应，古镇的色调光彩夺目，运河的沉香扑鼻而来。竟没想到只身在外看了那么多的新鲜事物，到头来，还是钟情于老家的古色古香。不得不说古色暖人，古香动心。

天彻底黑了，心却在此时一下子亮堂起来，沉下去的落日终将会变成浮出来的朝阳，而今宵的古镇又将化作明朝的乡愁！

后 记

再当提起老家南阳镇，内心满是幸福感和自豪感，但当初可不是这样的。由于命运弄人，父亲英年早逝，我自幼与祖父母相依为命，在老家南阳古镇成长生活了近二十年。年少时，总觉得老家太小，除了河水就是湖水，常年的出行不便也令人心生厌倦。那时候，我十分向往城里，老认为城里什么都比家里好。

走出校门，步入社会，我离开老家南阳镇，来到离家百余里路的县城工作生活。竟没想到，离家进城令人顿生乡愁，于是开始念叨起老家的风好、水好、人好，常常后悔自己当初没有好好珍惜在家的时光，以至叫我有了提笔录乡愁的冲动与渴望。这几年，每次从老家回来，我都会写上几篇散文，以慰藉内心的某些情愫。

随着京杭大运河的申遗成功，老家南阳镇的名望也越来越大，古镇旅游业更是一跃而起。近两年，南阳迎来了便利的高速出入口、拥有了国家AAAA级旅游景区、登上了意义非凡的特种邮票，这让湖区的日子有了盼头、渔家的生活有了亮点，为我的创作提供了源源不断的素材与动力，也为《老家南阳镇》集文成书奠定了基础。

《老家南阳镇》一书，收集了我百篇系列散文，共分为镇上观景、湖区品味、家中抒情、岸头记事四个部分。书中以文为线，既串起古镇的景，也连起湖里的味，既串起难忘的生活，也连起零星的记忆，情感依次镶嵌，期许自由补位。整理完书稿的那刻，着实有种如释重负的感觉，我想这就是老家与文字的魅力所在吧！

《老家南阳镇》之所以能顺利面世，要万分感谢微山县春蕾物资贸易有限公司、微山县宏夏房地产开发有限公司和微山利发海运有限公司的鼎力资助，进而帮我实现出书的梦想。如此大爱也督促我要继续努力前进，不负恩人，回报社会。同时，要感谢市、县作家协会领导的长期关心与厚爱，感谢杨国庆老师、孔令娥老师给予文稿的指点及修正。

最后，还要特别感谢微山县政协原主席马汉国为《老家南阳镇》题字，感谢济宁市作家协会副主席秦臻在百忙之中为本书作序，感谢各级领导和文朋诗友给予《老家南阳镇》的宝贵意见。本书为本人涂鸦之作，不足之处还请各位老师、朋友不吝赐教，在此深表感谢。

马加强

2024 年 1 月 1 日